Karin Müller

NORDSTERN

Der Ruf der freien Pferde

SCHNEIDERBUCH

Bisher bei Schneiderbuch erschienen:

Das Rätsel des Pferdeamuletts (Band 1)
Das Rätsel des Pferdeamuletts – Godivas Geschenk (Band 2)

Nordlicht – Im Land der wilden Pferde (Band 1)
Nordlicht – Im Bann der wilden Pferde (Band 2)
Nordlicht – Die Magie der wilden Pferde (Band 3)

Nordstern – Der Ruf der freien Pferde (Band 1)

1. Auflage 2020
Originalausgabe

Dieses Werk wurde vermittelt durch Agentur Brauer
(Agentin: Ulrike Schuldes).
Satz: Datagrafix GSP GmbH, Berlin, www.datagrafix.com
Druck und Bindung: GGP Media GmbH, Pößneck
Printed in Germany • ISBN 978-3-505-14355-7

www.schneiderbuch.de
Facebook: facebook.de/schneiderbuch
Instagram: @schneiderbuchverlag

Klimaneutral
Druckprodukt
ClimatePartner.com/15109-2009-1001

Dieses Buch wurde klimaneutral auf FSC®-zertifiziertem Papier gedruckt.

Inhalt

Prolog

Alles hier ist beseelt. Jeder Stein, jeder Strauch.

Die Berge atmen. Feuer und Eis.

Wo die Haut der Erde so dünn ist wie hier, da sind viele Grenzen fließend. Der Wind trägt ihre Lieder mit sich fort.

Die Húldu haben mich gelehrt, ihnen zu lauschen, sie zu verstehen. Aber was nützt uns das jetzt? Nun bin ich die Einzige, die diese Melodien noch spürt.

In der Tiefe schiebt sich träge ein Lavastrom voran.

Wärme und Schwefel steigen zu mir auf.

Da lauert etwas in der Schwärze. Ein rot glühendes Lachen will nach meiner Seele greifen. Ich werde fortgerissen in einem tosenden Strudel.

Ein Feuersturm. Salzig und trocken.

Heiß.

Kalt.

Dann ist da nichts.

Dunkelheit umhüllt mich. Ich sehe die Zukunft. Eine dunkle Zeit liegt vor uns.

Lange.

Viel zu lange.

Weil alles doppelt ist und auch wieder nicht.

Ich zittere. Friere.

Alles an mir schmerzt.

Ich weiß, wenn ich jetzt aufgebe, ist alles verloren. Ich muss meiner Bestimmung folgen. Den Schicksalsfäden, die die Nornen für uns weben. Kämpfen.

Und dann sehe ich sie, wie durch Nebel. Eine wird kommen, in der diese Lieder wieder singen werden.

Wenn ich eine sehr alte Frau bin. Noch so lange hin.

Aber es ist noch nicht verloren. Ich darf nicht aufgeben, nicht der Verzweiflung nachgeben, dem Kummer und der Schuld.

Mein eigenes Schluchzen weckt mich auf.

Und ich kann mich erst beruhigen, wenn ich den Stein zwischen meinen Fingern fühle. Er schimmert milchig grün.

Als hätte er ein geheimnisvolles Licht in seinem Inneren.

Ein Licht, das mich zu ihr führt. Und zu ihm.

Durch Zeit und Raum.

Durch den Nordsturm.

Durch die Nordnacht.

Wie ein Nordstern, der die Richtung vorgibt.

Ein Funken Hoffnung.

Der am Ende ein Feuer entfacht.

Sie rufen mich Jorúnn. Weltenwanderin. Weltenwandlerin.

Aber ich trage noch einen anderen Namen. Ich kann mich erinnern.

Erla. Meine Mutter rief mich Erla.

Dies ist meine Geschichte.

1. Island ahoi!

»Erla! Komm von der Reling weg! Das ist viel zu gefährlich. Du holst dir den Tod, Kind.« Um nicht umgeweht zu werden, klammert meine Mutter sich mit beiden Händen an der braun lackierten Holztür fest, die ins Innere des Schiffes führt. Sie ist ein bisschen bleich um die Nase, aber ihre Wangen glänzen rosig. Das macht die Kälte. Wir sind viel zu dünn angezogen für dieses Wetter, dabei tragen wir schon die wärmsten Sachen, die wir mitgenommen haben – übereinander.

»Nur noch einen Augenblick, Mutsch! Ich kann das Land schon sehen! Guck doch mal!« Ich kann meine Finger kaum noch spüren, aber das ist mir völlig egal. Schaumkronen tanzen über die Wellen. Und da vorn, in der Ferne, da sieht es so aus, als ob schroffe Felsen mit Schneehauben aus dem Meer wachsen. Ich kneife die Augen zusammen, um schärfer sehen zu können. Das muss es sein. Island! Und gleich dahinter kommt der Nordpol, glaube ich.

Der Wind treibt mir Tränen ins Gesicht und wischt sie mit meinen eigenen rotblonden Haarsträhnen, die er mir aus der Wollmütze gestohlen hat, wieder fort. Die Fähre hebt und senkt sich, als ob wir auf dem Rücken eines Meeresungeheuers reiten würden. Jedes Mal, wenn wir in ein Tal fallen, plumpst mein Magen ein Stück mit, und wenn wir auf die nächste Woge hinaufgetragen werden, habe ich das Gefühl, ich könnte spielerisch die Möwen erreichen, die über uns kreischen. Ich fühle mich frei, so frei und leicht! Wenn ich den dicken, glatten Holm der Reling loslasse, könnte ich abheben und mit ihnen fliegen!

Neben mir übergibt sich jemand in die See. Ich habe keine Zeit für Übelkeit. Ich bin viel zu aufgeregt. Wir sind unterwegs in ein neues Leben. Mutsch hat versprochen, dass wir nie wieder Hunger haben werden. Keine zerbombten Kellerwohnungen mehr. Keine Kohlen klauen oder heimlich Rüben aus den Äckern ziehen müssen, damit wir etwas zu essen haben. Nie mehr vor den Hunden der Bauern wegrennen, draußen auf dem Land vor Lübeck, wo ich geboren wurde, vier Jahre bevor Hitler diesen wahnsinnigen Krieg begonnen hat.

Vier Jahre ist der Zweite Weltkrieg nun vorbei.

Ich bin vierzehn Jahre alt, und ich kann anpacken und hart arbeiten. Das ist der Grund, weswegen Herr Hrafn meiner Mutsch erlaubt hat, mich mitzubringen. Nicht, dass sie ohne mich gefahren wäre, aber andere Mütter mussten das.

Neben Mutsch in der Schlange vor dem isländischen Konsulat stand eine Frau, die ganz verzweifelt war, weil sie selbst auf Island keine unnützen Esser haben wollen in ihren Bauernhöfen. Sie musste ihren kleinen Sohn bei den Großeltern zurücklassen, sonst hätte sie die Stelle nicht bekommen. In einem Jahr will sie ihn nachholen, hat sie Mutsch erzählt. Oder wieder zurück nach Deutschland gehen, wenn sie bis dahin genug Geld gespart hat. Denn die Isländer zahlen gut. Sie müssen wirklich dringend Arbeitskräfte auf dem Land brauchen, wenn sie sie sogar mit dem Dampfschiff aus Deutschland holen.

Mutsch und ich wollen bleiben. Das wissen wir jetzt schon. Wohin sollen wir auch zurück? Wir haben keine Großeltern mehr. Das war keine Option für uns. Ich bin Halbwaise. Mein Vater ist tot, er ist bei einem Bombenangriff gestorben. Schon 1939. Zehn Jahre ist das her, ich kann mich kaum an sein Gesicht erinnern. Ich war noch so klein, sagt Mutsch, das sei normal, wir müssten nach vorne schauen.

»Auf Island gibt es Pferde«, sagte sie, als sie mir fünf Wochen zuvor von ihrem tollkühnen Plan erzählte. Sie hielt einen Zeitungsartikel aus den *Lübecker Nachrichten* in der Hand, und ihre Augen glänzten, trotz der dunklen Ringe darunter, zum ersten Mal seit vielen Monaten. »Der isländische Bauernverband sucht Arbeitskräfte, Erlakindchen, stell dir vor. Ledig, stark und gesund – als Landhelferinnen. Das kriegen wir schon hin, du und ich. Das schaffen wir auch noch.«

»Island?«, habe ich gefragt. »Wo liegt das? In der Sowjetischen Besatzungszone?«

»Dummchen«, hat Mutsch gelacht und mich herumgewirbelt. »Es ist weit weg von der Bundesrepublik und den Russen. Es ist ein Land auf einer Insel aus Eis, ganz oben im Norden. Vielleicht sehen wir Eskimos. Oder Pinguine?! Sie zahlen unglaublich gut, die isländischen Bauern, sogar die Überfahrt! Und wenn da so viel Schnee liegt, wie sie erzählt haben, dann kann das mit der Landwirtschaft auch nicht so schwer sein, oder? Ich habe oft beim Melken zugesehen, damals, zu Hause. Das sah ganz leicht aus. Wir geben einfach an, dass wir das können und Erfahrung haben. Ich laufe gleich morgen aufs Amt und beantrage unser Visum, und polizeiliche Führungszeugnisse brauchen wir auch und …«

Ich hörte gar nicht mehr richtig zu, ich suchte gleich nach meinem Koffer. Mutsch ist in Ostpreußen aufgewachsen, auf einem

Gut. Da gab es nicht nur viele Kühe, sondern auch Trakehner, große, stolze Pferde. »Solche werden die Wikinger wohl auch haben«, sagte Mutsch. »Nur die Großen und Starken können in solch einem Land überleben.«

Aber wir hoffentlich auch.

Und jetzt stehen wir an Bord dieses Schiffes, der »Esja«, zusammen mit über zweihundert anderen jungen Frauen und Mädchen, die sich auf die Zeitungsannonce beworben haben und genommen wurden.

Ich habe mit Pferden noch nicht viel zu tun gehabt. Als ich klein war, gab es in unserer Straße ein Gespann mit zwei Kaltblütern, die haben die Malzsäcke in die Brauerei gezogen. Sie kamen fast jeden Tag an unserer Wohnung vorbei. Aber eines Morgens waren sie weg, zum Kriegsdienst eingezogen. Genau wie Papa. Und genau wie er kamen sie nie mehr zurück.

Die Frau neben mir stöhnt. Sie ist ganz grün im Gesicht. Sie sagt irgendwas zu mir, aber wegen des Sturms kann ich sie nicht verstehen. Also hangele ich mich näher zu ihr heran. Die Reling darf ich keinen Augenblick loslassen, sonst bläst der Wind mich um. Aber das ist nicht so einfach, mit den steif gefrorenen Fingern. Und es geht immer noch auf und ab über die Wellenkämme.

»Hast du ein Taschentuch?«, brüllt die Frau gegen das Tosen an.

Ich nicke und schlinge meinen Arm um ein dickes Schiffstau, damit ich eine Hand frei habe, um in meiner Jackentasche danach zu wühlen. Ich habe es ganz tief hineingestopft, damit ich es bloß nicht verliere, weil ich nur noch das eine habe. Mutsch hat es an den Ecken bunt gesäumt, und da, wo der Stoff inzwischen so dünn war, dass er gerissen ist, hat sie es gestopft und hübsch mit Blüten bestickt. Der Wind reißt mir das Baumwolltüchlein fast aus der Hand, aber die seekranke Frau nimmt es mir geschickt ab. Sie wischt sich damit über den Mund, doch dann muss sie schon wieder spucken und beugt sich tief über die Bande, als ob sie sich vor der schäumenden See verneigt.

Ich drehe mich rücksichtsvoll weg und erspähe Mutsch.

»Erla! Komm jetzt endlich!«, ruft sie erschöpft. Meine Mutter fällt fast um, als sie die Holztür mit dem runden Bullauge mit einer Hand loslässt, um mir den Arm entgegenzustrecken. Hat sie etwa die ganze Zeit hier draußen gestanden? Ihre Lippen sind blau gefroren, ihre nackten Beine unterm Rock krebsrot. Dabei ist Sommer! Wir haben den 9. Juni 1949, und in Hamburg war es warm und sonnig, als wir vor vier Tagen an Bord gingen.

Ich will mein Taschentuch wiederhaben, deshalb zögere ich einen Augenblick. Aber die Frau sieht sehr elend aus, also lasse ich es ihr, und Mutsch zieht mich an meinem Ärmel zurück in den Windschatten und ins Innere des Schiffs.

Drin werden wir herumgeworfen wie die Murmeln in einem Karton. Es riecht hier noch viel unangenehmer nach Erbrochenem, nach Kohle und nach Öl. Ich wäre lieber wieder an Deck, weil außer uns fast alle seekrank sind. Aber Mutsch will, dass ich mich aufwärme. Meine Finger stechen und brennen, als das Blut wieder auftaut. Ich möchte an Deck gehen und als Erste das Land erblicken.

»Wie lange dauert es noch, bis wir im Hafen sind?«, will ich wissen.

»Heute Abend werden wir da sein, haben sie gesagt. Also gedulde dich, junge Dame.«

Ich kichere, weil Mutsch mich junge Dame nennt. Dann schüttele ich den Kopf. »Nein, das kann nicht sein. Es ist ja noch so hell, und ich habe doch schon einen Streifen Land gesehen. Es kann nicht mehr lang bis zum Dunkelwerden dauern.«

Neben mir lacht ein hünenhafter junger Mann. So wie ihn stelle ich mir den Riesen Goliath vor. Mit einem dichten Bart und Händen wie Bratpfannen. »Es ist Sommer«, sagt er und grinst Mutsch und mich frech von der Seite an. »Da geht die Sonne bei uns nicht unter. Höchstens ein bisschen. Damit man gut sieht, wen man küsst.« Er schenkt mir ein Stückchen Brot. Mutschs Hand zuckt. Beinahe hätte sie ihm eine Ohrfeige gegeben. Das sehe ich genau. Aber das kann sie schlecht tun: Der Mann ist Isländer, und das gehört sich sicher noch weniger, wenn man fremd ist, dem Gastgeber gleich eine zu scheuern. »Wir müssen uns an die Sitten hier noch gewöhnen«, schärft sie mir leise ein und zieht mich am Kragen ein Stück fort von Goliath. Das Brot darf ich behalten.

Plötzlich kommt Bewegung in die Menschenmenge. Die Mischung aus Schweröl, Schweiß und anderen schlechten Gerüchen wird noch einmal intensiver. Irgendwo weint ein kleines Kind. Das Schiff schaukelt jetzt quer zu den Wellen. Das lässt auch Mutsch und mich ein bisschen gegen ein flaues Gefühl im Magen ankämpfen.

»Frische Luft?«, schlage ich vor. Diesmal hat sie nichts dagegen, aber sie zieht mich noch einmal zurück. »Wir nehmen unsere Sachen gleich mit.« Das ist keine Feststellung, sondern eine Aufforderung.

Viel besitzen wir nicht. Jede von uns hat ein Köfferchen und einen Leinensack. »Ist das wirklich schlau?«, frage ich trotzdem. »Bei dem Seegang?« Mutsch nickt. Sie zeigt aus dem Bullauge.

Ich quietsche begeistert. »Land! Ganz viel davon! Ich hatte recht. Wir sind gleich da! Gleich landen wir in Island! Da draußen wartet unser neues Leben, ist es nicht so?«

Mutsch lächelt mich müde, aber vorfreudig an. »Ja, Kindchen. Das ist wohl so. Lass dich kämmen. Wir wollen einen guten Eindruck machen. Und dann lass uns staunen gehen.«

Als ich hinausstürmen will, hält sie mich noch einmal zurück. Eindringlich sieht sie mich an. »Erla. Die … Dinge, die du manchmal siehst …« Sie räuspert sich und sieht sich um, ob uns auch niemand zuhört. »Diese Flausen behalten wir für uns, auch hier in diesem neuen Land, abgemacht?«

Ich nicke eilig. Ich will raus. Ich sehe keine Dinge, aber das habe ich Mutsch noch nie begreiflich machen können. Manchmal weiß ich, was geschehen wird. Ich weiß es einfach. Manchmal sehe ich Menschen und Tiere, die andere nicht wahrnehmen können – oder andere Wesen. Diesen Unsinn habe ich von Papa, sagt Mutsch. Im sogenannten Dritten Reich war es gefährlich, solche Sachen zu erzählen. Die Nazis hätten mich mitgenommen, sagt sie, und dass ich ihr mit diesen Flausen graue Haare gemacht hätte, seit ich klein war.

Aber eine alte Frau in den Trümmern hat mir einmal erzählt, das wären keine Flausen: Man nennt das eine Gabe, und ich hätte das Zweite Gesicht. Mutsch hat die alte Frau nicht gesehen, wie sie dasaß und so nett mit mir gesprochen hat. Also habe ich sie ihr beschrieben. Sie wurde kalkweiß im Gesicht und zog mich damals schnell weiter. Sie sagt Flausen dazu und will davon nichts wissen, und eine Backpfeife bekam ich auch. Die einzige in meinem Leben. Ich bin es also gewöhnt, allein zu sein.

Es dauert noch bis zum nächsten Tag, bis wir endlich von Bord dürfen. Zuerst müssen wir alle gründlich von einem Arzt und seinen Helferinnen untersucht werden. Mir dauert das viel zu lange. Als ich fertig bin, renne ich wieder nach draußen, alle Treppen hinauf bis zum obersten Deck, das ich erreichen kann, und bestaune die Hafenstadt aus der Höhe: kleine bunte Häuser, dahinter Berge und überall Wasser, aber kein einziger Baum. Unser Ankerplatz liegt weit weg vom Ufer, im Außenhafen.

Ein paar junge Männer sind zu uns herübergerudert und winken und lachen und rufen zu uns herauf. Ich und die anderen winken hinunter. »Wie Eskimos sehen die aber nicht aus!«, kichert jemand neben mir. Da stehen drei Mädchen, nur ein paar Jahre älter als ich. Tuschelnd rempeln sie sich an, zeigen auf die Jungs und albern herum. Als die einheimischen Jugendlichen abdrehen und die »Esja« umrunden, kreischen sie ihnen enttäuscht hinterher. Es dauert aber nicht lang, und die Boote wenden. Die Jungs kommen zurück, johlen und rufen und trinken ganz offensichtlich dabei reichlich Alkohol. Einer hat eine Gitarre und schmettert schmachtende Lieder. Die anderen werfen sogar Münzen zu uns hinauf. Was soll das denn? Das wird mir zu blöd. Als ich mich umdrehe, um hineinzugehen, sehe ich knapp über den Bergen am Horizont ein Licht tanzen. Nein, es tanzt nicht. Es steht da ganz ruhig. Der Abendstern. Man sieht ihn, obwohl es noch immer nicht dunkel ist. Für einen Moment werde ich ganz ruhig. Das Gelächter und Gejohle um mich herum verblasst zu einer summenden, weit entfernten Geräuschkulisse, wie ein Bienenstock ganz hinten im Garten.

»Hallo, Nordstern«, sage ich leise, und ich bilde mir ein, dass er blinkt, einmal lang aufleuchtet, wie um mir zu antworten. Wie das Licht eines Leuchtturms. Er wird mich führen, was immer auch geschieht. Ich weiß es einfach, und mich erfüllt tiefer Frieden.

Unbewusst hatte ich die Luft angehalten, jetzt atme ich tief aus und nehme ganz deutlich wieder meinen Herzschlag wahr, genau wie das unbeeindruckte Lärmen, Rempeln und Schubsen neben mir und um mich herum. Sie beachten mich nicht. Sie haben es nicht gespürt. Aber auf mich wartet etwas da draußen. Oder jemand. Eine Macht.

Ich gehe wieder hinein, meine Mutter suchen. Hoffentlich ist sie endlich fertig mit der Untersuchung. Ich will an Land. Warum müssen wir noch so lange warten?

Den Geruch und die Geräusche im Hafen werde ich nie vergessen. Als wir am nächsten Morgen endlich wieder festen Boden unter die Füße bekommen, riecht es nach Algen und Fisch und Feuer. Möwen kreischen uns einen Willkommensgruß. Ich sehe Fischerboote, Netze, Reusen, ein Fuhrwerk mit zwei kleinen, puscheligen Ponys, daneben eine riesige amerikanische Limousine. Es gibt viele schicke Autos hier und Männer mit Wollmützen und dicken Strickpullovern – aber immer noch keine Eskimos. Die Menschen sehen alle genauso aus wie wir – bis auf ein paar Jugendliche, die weiter weg zwischen ein paar Fässern warten und sich ducken, als ich ihnen zuwinke. Das sind nicht die von gestern. Sie tragen lustige Trachten, und anscheinend gehören ihnen die vier Ponys, die ich mit einem weiteren Burschen ein Stück weiter weg hinter großen Kisten mit Eis erspähe.

Mutsch zieht mich durchs Gedrängel, vorbei an Zeitungsreportern mit Kameras und Journalisten mit Mikrofonen. Es gibt eine Art Empfangskomitee für uns. Musik spielt, Kinder schwenken blaue Fahnen mit einem rotweißen Kreuz, ich nehme an, das ist die isländische Flagge. Alle reden auf uns ein. Alle rufen durcheinander. Jemand legt mir einen kratzigen Wollpullover um die Schultern. Mutsch bekommt von einer älteren Frau mit Tränen in den Augen einen dicken Schal geschenkt. Die Frau hat eine große Tüte mit Kleidung dabei und schenkt jedem daraus etwas im Vorübergehen.

Ein großer Mann im Anzug hat eine Liste und versucht durch all den Lärm, uns einzuteilen. Und alle starren uns an, als hätten sie noch nie so viele Frauen auf einmal gesehen. Das habe ich auch nicht. Ich strecke meine Nase in den grauen Himmel und muss lachen, weil es so schön ist, wieder die Erde zu spüren, auch wenn das Schiffschaukeln in mir noch immer anhält. Einer der Jungen rempelt mich an und versetzt mir einen kleinen Stromstoß.

»Entschuldige«, sage ich, und er reißt erschrocken die Augen auf. Dann grinst er, und in seinen sommersprossigen Wangen entstehen tiefe Grübchen.

Hast du Schokolade?, will er wissen.

Ich bin mir nicht sicher, ob er die Lippen bewegt hat. Bedächtig schüttele ich den Kopf. Niemand sonst scheint Notiz von ihm zu nehmen, und das Kribbeln in meinem Unterarm, an der Stelle, wo wir aneinandergestoßen sind, lässt nur sehr langsam nach. Also vermute ich, dass nur ich ihn sehe. Ich staune. »Hier oben gibt es euch auch?«, frage ich leise.

Mutsch soll mich nicht hören, sonst bekomme ich wieder Ärger, weil ich mit der Luft rede und die Leute deshalb einen falschen Eindruck von mir kriegen. »Ich habe ein Stück Brot geschenkt bekommen. Möchtest du die Hälfte haben?« Vorsichtig hole ich den Kanten aus meiner Jackentasche.

Der Junge streckt mir die Zunge heraus. Ich schneide ihm ebenfalls eine Grimasse, und er zieht ab. Seine Freunde mit den Ponys weiter hinten johlen.

Ich beschließe, ihn zu vergessen. Es macht mir überhaupt nichts aus, dass es jetzt anfängt zu regnen und kalt ist. So ist das wohl, wenn man am Nordpol wohnen will, also besser, wir gewöhnen uns gleich dran. Mutsch zieht mich mit sich fort, als sie unsere Namen hört. Ich verstehe kein Wort. Das Stimmengewirr in der fremden Sprache hört sich an wie Vogelzwitschern, das kleine Heft mit isländischen Floskeln, das wir an Bord bekommen haben, nützt mir überhaupt nichts. Aber ich will nicht gleich aufgeben.

Alle zusammen werden wir zuerst in eine Baracke geleitet, die man zu einer Art provisorischem Hotel für uns umfunktioniert hat. Hier werden wir also unsere erste Nacht auf Island verbringen. Meine Mutsch und ich strahlen uns an. Geschenke bekommen wir auch noch, die Isländer haben für uns Kleider gesammelt, die jetzt verteilt werden. Neben dem Pullover ergattere ich noch einen warmen Wollrock, Strümpfe und eine Strickjacke. Es ist wie Weihnachten. Und es gibt so viel zu essen! Suppe und Fisch, Eintopf und Sülze, Kartoffeln, Kohl und sauren Joghurt, den man hier oben Skyr nennt, mit frischen Beeren. Herrlich! Und dann sehen wir uns die Stadt an. Hier sind noch mehr von diesen großen amerikanischen Autos unterwegs. Die jungen Leute tanzen und feiern und reißen uns einfach mit. Mutsch und ich landen in einem Jazzclub. Ich finde es furchtbar laut und weiß gar nicht, ob ich hier sein dürfte. Aber Mutsch sagt nichts, also bin ich auch still. Sie stupst mich an und beginnt, fröhlich mit dem Fuß zu wippen, und dann wird sie auch schon zum Tanzen aufgefordert von einem hochgewachsenen Typen mit dunkelrotem Vollbart. Sie lacht und lässt sich von ihm herumwirbeln, und ich bleibe sitzen und sehe staunend zu, während ich Cola mit einem Strohhalm trinke. So ausgelassen habe ich meine Mutter noch nie gesehen!

Als mir jemand von hinten auf die Schulter tippt, weil er mit mir tanzen möchte, verschlucke ich mich vor Schreck an meinem Getränk. Ich muss niesen und husten und kann nicht sprechen. Also schüttele ich heftig den Kopf. Ich tanze doch nicht! Mit einem wildfremden Jungen noch dazu!

Am Abend, als wir in unser Hotel zurückkehren, kommen uns die drei kichernden jungen Frauen entgegen, die schon an Deck mit den Männern im Boot geflirtet hatten – jetzt gehen sie Arm in Arm mit ihnen. Staunend gaffe ich hinterher, aber Mutsch zieht mich weiter.

Mir fallen im Gehen die Augen zu, obwohl es immer noch hell ist. So hell, wie ein Regentag im Sommer eben sein kann, wenn es eigentlich schon stockfinstere Nacht sein müsste.

Es fällt mir schwer, zur Ruhe zu kommen. Zum einen wegen des Lichts und der Geräusche um uns herum, Murmeln, Kichern und Knarzen, zum anderen habe ich das Gefühl, als würde sich immer noch der Boden bewegen.

Genervt wickele ich mir irgendwann den kratzigen Pulloverärmel um den Kopf. Dann geht es, und das Schwanken in meinem Kopf wiegt mich in einen unruhigen Schlaf. Am nächsten Tag brechen wir endlich auf.

Mutsch versucht es auf Englisch mit dem breitschultrigen Kerl, der uns zu einem kleinen Fischerboot schiebt und unsere Koffer trägt. Ein weiterer Mann und vier junge Frauen begleiten uns. Ich glaube, einer von ihnen hatte ich mein Taschentuch geliehen.

»Hrafn«, sagt meine Mutter verzweifelt, versucht einen Blick auf seine Liste zu erhaschen und ergänzt gestenreich mit vielen Pausen in ihrem gebrochenen Englisch: »We. Must. To Hrafn.« Den Namen hat sie mir auch eingetrichtert. Das ist unser neuer Arbeitgeber, und dieser hier heißt nicht so!

»Rhapp«, grunzt der Mann und schlägt sich auf die Brust wie ein Gorilla. »Rhapp.« Er zeigt auf das Boot und bedeutet uns einzusteigen. Aber meine Mutter will nicht. Sie faltet den Brief vom isländischen Konsulat auseinander und hält ihn dem Mann unter die Nase.

»Was ist denn, Mutsch?«

»Himmel, der Kerl versteht mich nicht. Wir haben bereits einen Vertrag mit Herrn Hrafn. Wir können nicht mit ihm gehen!«

Der Isländer lacht dröhnend und zeigt von dem Brief auf sich. »Rhapp!«, sagt er und tippt sich auf die Brust.

»Mutsch, ich glaube, er ist der Herr Hrafn.« Ich lächle unseren neuen Dienstherrn schüchtern an. »Wir haben es nur nicht richtig ausgesprochen.«

»Rhapp«, nickt der Isländer bestätigend.

»Rhapp«, wiederholt Mutsch und lässt die Schultern fallen, als sie ergeben ins Boot klettert. »Wieso können wir nicht mit dem Milchwagen fahren, mit dem Auto oder von mir aus mit dem Flugzeug, wie die anderen? Der Himmel steh uns bei.«

Die Mähnen der vier Islandpferde bauschten sich im Wind. Das stetige Rauschen der Wellen und das Trommeln ihrer Hufe auf dem nassen Sand verschmolz zu einer wilden Musik in Flókis Ohren. Eigentlich war er zum Schafehüten eingeteilt. Aber in Reykjavík legte heute ein Schiff an. Eins von den ganz großen, deren Dampfwolken man schon von weit draußen auf dem Meer sah. Er konnte nicht anders. Er musste sich seinen Freunden anschließen und in die Stadt reiten, an den Hafen, auch wenn es einen halben Tag dauerte bis dorthin. Sie würden vorsichtig sein. Außerdem, wer sollte sie schon sehen? Das war schon lange nicht mehr vorgekommen. Und sie hatten Kadlin für ihr Abenteuer gewonnen.

Die Schwester seines Freundes Eldar ging bei der alten Jorúnn in die Lehre und konnte die Zeit beugen. Sie hatte es den Jungen versprochen, wenn sie ihr dafür Schokolade mitbrachten. Kadlin hatte eine Schwäche für Süßes. Und Eldar war vernarrt in Kadlin, genau wie Torger und sein kleiner Bruder Einarr. Das mit der Schokolade würde also kein Problem sein. Und das mit den Schafen auch nicht: Flóki hatte Einarr dazu überreden können, für ihn aufzupassen. Der Kleine hatte sich wie ein Schneekönig über die verantwortungsvolle Aufgabe gefreut, die ihm die Großen übertragen hatten. Flóki lächelte. Er würde ihm auch etwas Schokolade mitbringen. Oder irgendetwas anderes von den Menschen. Die waren sooo langsam in ihren Reaktionen und ihrer Wahrnehmung, sie würden es nicht einmal merken, wenn sie ihnen im Laufen die Schuhe mopsen würden.

Sóley kam an seine Seite geritten und grinste ihn an. »Was trödelst du so, Flóki?«, neckte sie ihn. »Ist dein Pferd schon müde?«

»Selbst im Schlaf wären wir schneller als ihr«, behauptete er lachend und flüsterte seiner Stute etwas ins Ohr. Brúna, die Braune hob den Kopf und töltete so schnell davon, dass Sóleys Schecke in Galopp fiel, um das Tempo zu halten. Sie setzten sich mühelos an die Spitze ihrer kleinen Formation.

Oben auf der Klippe hob Kadlin die Arme. Flóki sah sich nach den anderen um. Dann winkte er zu ihr hinauf und nickte.

Einen Wimpernschlag später sahen sie bereits die Rauchwolken aus den Schornsteinen der Hafenstadt wie Finger in den grauen Abendhimmel ragen.

Sie baten die Pferde, zusammen mit Torger hinter den großen Eiskisten der Fischer auf sie zu warten. Die anderen schlichen langsam näher an die Menschengruppe am Hafen heran. Eldar und Sóley kicherten, als sie die seltsamen Kleider der Neuankömmlinge sahen, die das Dampfschiff ausspuckte. Aber alle staunten. So viele Frauen und Mädchen, kaum Männer darunter, und alle sahen ziemlich ausgemergelt, müde und bleich aus. Was wollten die hier?

»Sollten wir dem Rat davon erzählen?«, wisperte Eldar.

»Die wissen sicher schon lange Bescheid«, flüsterte Sóley zurück. »Aber schaden kann es nicht.«

»Dann müssen wir zugeben, dass wir hier waren«, gab Flóki zu bedenken. »Was ist jetzt mit der Schokolade?«

»Wer fragt, der holt«, kicherte Sóley. »Oder traust du dich nicht?«

Statt einer Antwort rannte Flóki los. Unter den Fremden war ein Mädchen mit rotblonden Zöpfen, die unter einer dünnen blauen Mütze hervorlugten. Sie sah die ganze Zeit neugierig in ihre Richtung. Vielleicht war sie eine von ihnen? Aber wie sollte sich eine Húldu an Bord der »Esja« verirren?

Er würde es herausfinden.

2. Fliegende Pinguine und blaue Mützen

Das Fischerboot tuckert einschläfernd vor sich hin. Herr Hrafn steuert es dicht an der Küste entlang. Mit Händen und Füßen gibt er uns zu verstehen, dass es seit Tagen sehr viel geregnet hat. Aber anscheinend ist es für die hiesigen Verhältnisse recht warm. Das ist also ein isländischer Sommertag. Grau der Himmel, grau die See und die allgegenwärtigen, scharfkantigen Felsen, dazwischen sattes Moosgrün und weit am Horizont Bergspitzen, auf denen Schnee liegt. Viel Schnee. Im Sommer. Mutsch kann es kaum glauben. Wir frieren beide um die Wette, obwohl wir uns dicht an die anderen Passagierinnen kuscheln und unsere gespendeten Jacken übergezogen haben. Die anderen Sachen haben wir in unser Köfferchen gepackt. Es ist ja immerhin Sommer, wer zieht da schon Wintersachen an, oder?

Die vier Frauen sind wie wir mit der »Esja« angekommen, und nun werden wir der Reihe nach auf unsere Bestimmungsorte verteilt.

Ein zweiter einheimischer Mann, der sich als Ingvar vorstellt und mich ganz unverfroren mustert, gibt uns eine nach Schaf stinkende Wolldecke, die Mutsch und ich uns dankbar umlegen. Es gibt keine richtigen Sitzgelegenheiten, aber keine von uns traut sich zu fragen, ob wir in die kleine Kajüte unter dem Steuerrad gehen könnten, wo es sicherlich wärmer ist. Außerdem möchten wir natürlich alles sehen. Und Mutsch wird noch dazu sehr leicht seekrank.

Die Kälte klettert gierig meine Beine hinauf. Wasser schwappt zwischen den Holzplanken herum. Meine Schuhe sind nass, und meine Füße fühlen sich an wie abgefroren. Mir knurrt der Magen, trotz des guten Frühstücks im Hotel. Wie gut, dass der seltsame Junge gestern das Brot nicht wollte. Verstohlen kneife ich mir ein paar Krümel davon ab und stecke sie in den Mund.

Mutsch versucht, unsere Sachen so auf herumliegende Netze und Taue zu retten, dass sie nicht völlig durchnässen.

Endlich flaut der schlimme Wind wenigstens etwas ab. Wir tuckern an Buchten vorbei, an denen Seehunde auf dunklem Sand schlummern. Andere bestehen einzig aus scharfkantigen Felsen. Über uns fliegen Möwen und eine andere, pummelige Vogelart mit dicken roten Schnäbeln, die ich noch nie gesehen habe. Sie stürzen sich lauthals kreischend in die Fluten, tauchen, sind einfach weg. Und dann plötzlich sehe ich sie die Wasseroberfläche durchstoßen und aus den Wellenkronen emporsteigen, bestimmt mit fünf oder sogar zehn Fischchen im Schnabel. Nirgends ist ein Mensch zu sehen, ab und zu einmal eine Hütte oder ein Haus. Dabei sehe ich öfter mal Rauch. Doch der scheint aus dem Boden zu kommen.

»Vielleicht gibt es hier Zwerge, und die kochen sich was«, denke ich laut.

Die anderen Mädchen kichern, und Mutsch stößt mich in die Seite. *Wir hatten eine Abmachung*, sagt ihr strenger Blick.

Ich bin ja schon still. Das Wellenschaukeln lässt mich wegdämmern. Zwischen meinen geschlossenen Lidern blinkt ab und zu ein Licht auf, mein Nordstern.

Ich werde erst wieder wach, als Mutsch mich wachrüttelt.

»Ich glaube, wir sind da«, flüstert sie mir zu.

Im Boot sitzen außer uns jetzt nur noch zwei Frauen. Ich habe nichts davon mitbekommen, wie und von wem die anderen Mädchen abgeholt wurden. Verschlafen reibe ich mir über die Augen.

Ingvar bedeutet mir mit Gesten, ihm mein Köfferchen und meinen Leinensack zu geben. Dann springt er ins Wasser, dabei sind wir mindestens noch dreißig Meter vom Strand weg! Die Brandung ist zu stark für das kleine Fischerboot, wir können nicht näher heran. Algen und Fetzen von Wasserpflanzen schwimmen in der aufgewühlten, schaumigen Brühe. Breit grinsend klopft Ingvar auf die Wandung des tanzenden Holzbootes. Das Wasser schwappt ihm über Bauch und Rücken, als er davonwatet. Ich schlucke. Soll ich da jetzt etwa hinterherhüpfen? Entgeistert starre ich von ihm zu Mutsch und wieder zurück und lasse zögernd ein Bein über die Reling gleiten. Herr Hrafn lacht und signalisiert mir, dass ich warten soll, bis Ingvar das Gepäck an Land gebracht hat.

Am Ufer zwischen den Felsen und dem in Büscheln stehenden Wollgras warten zwei dick in Tücher eingemummelte Gestalten. Sie haben Ponys dabei, vier Stück. Eins ist braun, eins weiß, eins gescheckt, und eines ist beinahe hautfarben mit schwarzer, puscheliger Mähne und ebenso aufgeplustertem Schweif. Drei haben die Köpfe auf der Suche nach Fressbarem am Boden, das Vierte wiehert uns mit schriller Stimme entgegen. Die Tiere sehen alle zerzaust und plüschig aus, und ich frage mich, wo denn wohl die großen, stolzen Pferde sein mögen, von denen Mutsch so geschwärmt hat. Ingvar kommt prustend und schnaufend zurück, und Mutsch will ihm ihren Koffer und den Seesack reichen, aber Hrafn wehrt ab und deutet auf mich. Offensichtlich soll Ingvar mich zuerst hinübertragen. Mutsch und ich kichern schüchtern. Aber besser, als selbst durch das eisige Meer zu waten, ist es ganz sicher. Also atme ich tief durch, lasse mich über Bord gleiten und von ihm auffangen. Dann lege ich Ingvar schüchtern die Arme um den breiten, verschwitzten Hals und verschränke meine Finger. Sein Wollpulli kratzt ein bisschen, aber er fühlt sich schön warm an.

»Bis gleich, Mutsch«, rufe ich und winke fröhlich, aber dann muss ich mich ganz schnell wieder festklammern, denn der Wellengang ist beträchtlich, und beinahe fällt Ingvar mit mir hin. Er knurrt, als ich herumzappele, und einen Moment lang fürchte ich, er könnte mich einfach ins Meer werfen.

Hinter mir höre ich Motorentuckern. Mutsch ruft etwas. Sie klingt aufgeregt, beinahe wütend. Erschrocken drehe ich mich um, und dann bekomme ich doch noch nasse Füße, weil Ingvar mich in der schäumenden Gischt der Brandung zu früh runterlässt.

Das Boot fährt weg! Das gibt's doch nicht! »Mutsch!«, brülle ich gegen die Wellengeräusche an und will zurück ins Meer waten, aber Ingvar packt mich an der Hand, bevor die nächste Welle mich umwirft, und zieht mich ans Ufer. »Muuutsch!«

Sie streitet sich ganz offensichtlich mit dem anderen Isländer und hat ein Bein schon über die Reling gelegt, um mir hinterherzukommen, aber sie sind schon zu weit draußen auf dem Wasser. Die beiden anderen deutschen Frauen versuchen, sie zurückzuhalten. Beruhigend legen sie ihr die Arme um die Schultern. Und schließlich nickt meine Mutter und winkt mir zu, mit einem Kussmund.

Mir schießen Tränen in die Augen. »Aber was …? Nein!«, rufe ich. »Ich will nicht ohne dich hierbleiben! Komm zurück! Lass mich nicht allein zurück!«

Ich kann nicht hören, was sie sagt, denn Ingvar knurrt wieder irgendetwas, packt meinen Arm und deutet auf die Ponys. Eine ältere Frau und ein blonder Junge, der vielleicht zwei, drei Jahre älter ist als ich, sind bereits auf den Schecken und das braune Pony gestiegen. Die Grauhaarige hat sich mein Leinenbündel umgehängt, und der Junge transportiert den Koffer vor sich auf dem Pferd. Die beiden starren mich wortlos an und sehen nicht besonders freundlich dabei aus.

Ich sehe zum Meer zurück, aber da ist das Boot mit meiner Mutter und Herrn Hrafn bereits aus der Bucht verschwunden.

»Wohin bringt er sie?«, frage ich und wische mir verstohlen übers Gesicht. »Warum dürfen wir nicht zusammenbleiben?« Das Herz klopft mir bis zum Hals, mein Kinn zittert, und es kostet mich alle Kraft, die ich noch habe, nicht laut loszuflennen.

Ingvar hält mir die Zügel für den kleinen Schimmel hin. Ich habe in meinem Leben erst einmal auf einem Pferd gesessen, und das zählt auch nicht richtig, denn da hat mich Onkel Paul, der Kutscher aus der Brauerei, auf dem Nachhauseweg auf einen der Kaltblüter gehievt und ist nebenhergegangen. »Hallo, Kleiner«, murmele ich hilflos und streichele ihm behutsam den Hals, während ich die Zügel nehme und dem dünnen Pferdchen über den

Hals lege. Dabei schiele ich immer noch zurück zum Meer und hoffe auf ein Wunder. Vielleicht kann Mutsch Herrn Hrafn k. o. schlagen und das Boot wenden oder so etwas? Es sind doch drei Frauen gegen einen! Aber tief in mir drin weiß ich, dass das Blödsinn ist. Anscheinend haben sie uns auf zwei Familien aufgeteilt. Vorläufig, rede ich mir ein, das ist ganz bestimmt nur vorübergehend. Ich weiß, dass Mutsch alles daransetzen wird, damit wir bald wieder zusammen sind. Ich kraule dem Schimmel das dichte Fell. Auf einmal finde ich Island gar nicht mehr schön. Es macht mir Angst. Große Angst.

Die drei Isländer diskutieren miteinander. Ich kann kein Wort verstehen, aber die alte Frau klingt ungehalten, wahrscheinlich weil ich immer noch nicht auf dem Pferd sitze. Der Junge glotzt nur, und Ingvar streicht sich über den Bart und bedeutet mir mit knappen Gesten, dass ich mich beeilen soll.

Das Pony dreht den Kopf und beschnuppert meine Hand. Es wird mich schon nicht fressen. Zumindest einer. Bei den Menschen hier bin ich mir nicht so sicher.

Ingvar brummt irgendetwas und deutet auf den Steigbügel, der von der linken Seite des Schimmels baumelt. Ich setze meinen rechten Fuß hinein und will mich hochziehen. Alle lachen. Ingvar greift grob nach meinem Bein und zieht es aus dem Bügel. Dann klopft er sich auf seinen linken Oberschenkel. Ach, den soll ich nehmen. Na gut. Das Pony macht einen Schritt zur Seite. Ingvar verdreht die Augen und knurrt wieder. Dann packt er mich um die Taille, hebt mich einfach hoch und wirft mich schwungvoll in den Sattel. Die Zügel nimmt er mir auch wieder weg. Er drückt sie dem verdutzten Jungen in die Hand, greift sich dafür den Koffer und steigt damit schließlich selbst auf das übrig gebliebene Pony mit der schwarzen Mähne und dem eierschalenfarbenen Fell.

Und dann reiten wir los. Erst geht es steil bergauf. Ich kann nichts anderes tun, als mich am Sattel und in der Mähne des Ponys festzuhalten und mich mit den Füßen in die Steigbügel zu stemmen. Unter mir spüre ich, wie der kleine Schimmel den Rücken versteift, also versuche ich lockerer zu sitzen, aber dann schaukele ich herum. Irgendwann finden wir einen Mittelweg, der uns beide einigermaßen im Gleichgewicht lässt. Doch plötzlich schnalzt Ingvar, wir traben an, und das kann ich gar nicht mehr sitzen. Das Pony legt die Ohren an und macht einen kleinen Bocksprung wie eine Ziege.

Ich quietsche erschrocken auf und hänge plötzlich vor dem Sattel, halb auf dem Hals des Ponys. Der Junge hört das und sieht nur kurz mit unbewegter Miene zu mir. Dann ruft er etwas nach vorn, und Ingvar kommt an meine Seite geritten. Mit einer Hand hält er den Koffer und die Zügel seines Ponys, mit der anderen greift er um meinen Oberarm und hebt mich zurück in den Sattel. Dann erklärt er mir gestenreich, wie ich seiner Meinung nach zu sitzen habe. Wie in einem Schaukelstuhl, nach hinten gelehnt, die Beine locker baumelnd, weg vom Pferdebauch, bloß nicht klammern. Leichter gesagt als getan. Aber als er noch einmal schnalzt und kurz an den Zügeln ruckt, die immer noch der Junge führt, bewegt sich das tapfere Schimmelchen plötzlich anders. Ich werde durchgerüttelt wie in einem Lastwagen auf einer Kopfsteinpflasterstraße, aber da kann man die Bewegung regelrecht durch sich hindurchfließen lassen, wenn man es so hinbekommt, wie Ingvar es mir zeigt.

»Tölt«, sagt er und nickt mir zu, damit ich es wiederhole.

»Tölt.« Das ist mein erstes isländisches Wort.

Wir reiten wieder hügelabwärts, an einem kleinen Wasserfall vorbei, durchqueren einen sprudelnden Bach und erreichen eine weite Ebene. Grasland, auf dem Schafe und Pferde in allen Farben weiden. Endlich bin ich nicht mehr nur damit beschäftigt, oben zu bleiben, und kann mich ein wenig umsehen. Alles sieht so grün und saftig aus, wunderschön, nur Bäume sehe ich keine, bloß ein paar Büsche und Sträucher, die sich hinter Steine ducken und aussehen, als ob sie vor dem stetigen Wind davonkriechen wollten. Der fischige Algengeruch des Meeres wird von dem nach nassem Gras und erdigem Moos abgelöst. Über uns kreischen Möwen, und dann entdecke ich wieder ein paar dieser anderen Vögel, die ich vorher noch nie gesehen hatte. Mit knallorangefarbenen Schnäbeln und Füßen. Ihre Rufe klingen wie das Knarren rostiger Türangeln. »Sind das Pinguine?«, frage ich und deute nach oben.

Der Junge dreht sich zu mir um. »Lundi«, sagt er knapp, was meine Frage nicht wirklich beantwortet. Ich würde mich gern mit ihm unterhalten, aber er wirkt nicht sehr gesprächig. Und da wir beide die Sprache des anderen nicht können, ist es zugegeben auch etwas schwierig.

»Lundi – heißen diese Vögel so?«, frage ich seinen Rücken. Aber ich bekomme keine Antwort mehr. Ich frage mich, wie es Mutsch geht und ob sie auch schon an Land ist. Auf einmal riecht es nach faulen Eiern. Neben dem Pfad, auf dem wir reiten, erstreckt sich ein Schlammfeld, in dem es blubbert und zischt. Dampf steigt auf, der direkt aus dem Kochtopf von des Teufels Großmutter stammen könnte, so wie das stinkt. Ich verziehe das

Gesicht. Ingvar dreht sich zu mir um und schärft mir gestenreich und mit vielen wilden Worten ein, bloß auf dem Weg zu bleiben, weil ich sonst vermutlich direkt in der Hölle landen würde. Das glaube ich ihm sofort. Zufrieden dreht er sich wieder nach vorn.

Wir umrunden einen großen, runden Felsbrocken, der mitten hineingeplumpst scheint in diese Ebene, und wieder sehe ich eine kleine Rauchfahne hinter den Hügeln. Aber diesmal scheint sie wirklich von einem Kamin und einer menschlichen Behausung zu stammen. Ich sehne mich nach einem wärmenden Feuer. Oh bitte, lasst uns dort hinreiten, flehe ich im Stillen.

Nach einer Weile erspähe ich einen Pferch mit Lämmern und zwei Kühen. Ein paar Ponys und Hühner laufen frei vor einem kleinen Haus herum. Eigentlich sind es eher zwei zusammengebaute Häuschen, ein Stall und ein Schuppen, mit Dach und Wänden aus Gras und Moos, die regelrecht in die Felsen hineingebaut und mit angeschichteten Kullersteinen befestigt sind. Neben dem Haus steht ein hölzernes Gestell, an dem tote Fische mit aufgesperrten Mäulern baumeln, wie Wäsche, die zum Trocknen aufgehängt ist.

Die Tür geht auf, und ein kleines Mädchen kommt herausgehüpft. Es hat einen Topf in der Hand und wirft den Hühnern daraus Kartoffelschalen hin. Ich winke freundlich und lächele. Als sie mich sieht, bleibt die Kleine wie vom Donner gerührt stehen. Zögernd winkt sie zurück und erwidert für ein paar Sekunden hingerissen mein Lächeln. Dann rennt sie ins Haus zurück und knallt die Tür zu. Eine köstlich duftende Schwade aus Torffeuer und Steckrübensuppe zieht zu mir herüber und kitzelt meine Nase. Mein Magen knurrt.

»Ist das euer Zuhause?«, frage ich den Jungen vor mir. »War das deine Schwester?«

Statt zu antworten – ich vergesse immerzu, dass er kein Deutsch kann –, hat er sich wieder aufs Glotzen verlegt. Er ruft etwas nach vorn, und nun starrt mich auch die Frau an. Das kann ja was werden. Vielleicht mögen sie ihre Nachbarn nicht?

Verstohlen rücke ich mich im Sattel zurecht. Mir tut der Po weh von dem ungewohnten Sitzen. Wie lange reiten wir wohl schon? Ich habe jedes Zeitgefühl verloren, und dann fängt es auch noch an zu regnen.

Wir ziehen an dem Hof vorbei, als ob er gar nicht existieren würde. Hier wohnen wir also tatsächlich nicht. Wirklich schade. Der Fisch sieht sehr lecker aus, und die Lämmchen sind so niedlich!

»Bäh«, necke ich die Kleinen, und sie antworten mir.

Mein Begleiter starrt mich an, als ob ich nicht ganz richtig im Kopf wäre. Ich muss mich wirklich zusammenreißen, ihm nicht die Zunge herauszustrecken.

Außerdem hoffe ich, dass die Entfernung zum nächsten Gehöft nicht so weit ist wie die vom Boot bis hierher. Ich müsste nämlich mal zur Toilette, aber meine Reisegruppe scheint keine Pause machen zu wollen. Im Gegenteil. Sie treiben die Pferdchen wieder zu einer schnelleren Gangart an.

Ich habe keine Chance, mein Schimmelchen in diesen Tölt zu bekommen, den alle anderen reiten, und leider hält sich diesmal auch niemand damit auf, mir zu helfen. Oben bleiben ist alles, was zählt. Im Geiste entschuldige ich mich tausendfach bei dem armen Pony, dem ich den Rücken durchrüttele.

Meine Zöpfe haben sich schon vor einer Ewigkeit gelöst. Der Wind treibt mir die nassen Haare ins Gesicht, sodass ich kaum noch etwas sehen kann. Ich löse eine Hand aus der Pferdemähne und versuche, mir die widerspenstigen Strähnen hinter die Ohren und unter die Mütze zu schieben, aber da fegt sie mir eine Bö vom Kopf. Ich greife noch danach, drehe mich im Sattel um und falle beinahe herunter beim Versuch, sie zu erwischen, aber der Wind wirbelt sie durch die Luft und treibt sie übers Land. Ich muss wieder nach vorn sehen, damit ich nicht das Gleichgewicht verliere.

»He, wartet mal«, bitte ich die anderen. »Meine Mütze!«

Aber durch das Tosen des Windes hören sie mich nicht rufen, oder vielleicht wollen sie mir auch nicht zuhören. Und ich kann weder anhalten noch wenden, weil dieser Hornochse von einem Jungen eisern meine Zügel festhält. Hilflos drehe ich mich nach dem kleiner werdenden bunten Fleck im Gras um.

Und da sehe ich sie erneut. Das kleine Mädchen ist wieder da. Trotz des Regens ist sie uns anscheinend nachgelaufen und hat einen etwas größeren, rothaarigen Jungen als Verstärkung dabei. Ich kann nur zuschauen, wie sich die beiden nach meiner Mütze bücken und sie aufheben. Dann rennen sie hüpfend damit ins Haus zurück.

Na, immerhin weiß ich jetzt, dass sie nicht verloren ist und wo ich sie wiederfinden werde. Hauptsache, es ist nicht allzu weit, und ich kann mir den Weg gut merken.

Mein Pony wirft eifrig die Beinchen und trabt so schnell, dass ich gut damit zu tun habe, nicht seitlich vom Pferd zu rutschen. In meiner Not versuche ich schließlich, in den Steigbügeln stehen zu bleiben, ich beuge mich nach vorn, um dem Wind auszuweichen, und klammere mich an der Mähne fest, weil ich so durcheinandergeschüttelt werde.

Da erinnere ich mich an etwas, was Mutsch mir mal erklärt hat. Wenn man den Rhythmus der Pferdebeine gefunden hat, kann man sich im Takt hinsetzen und wieder aufstehen. Leichttraben hat sie das genannt. Das probiere ich, aber wir sind zu schnell und die Pferdebeine zu kurz, also stelle ich mich doch wieder in die Bügel, klemme mich mit den Knien fest und beuge mich über den wippenden Pferdehals. So geht's einigermaßen. Aber meine Blase drückt. Ich kann nicht mehr.

Nach ein paar Minuten werden wir endlich wieder langsamer. Ich bin heilfroh, als mein Pony in Schritt fällt. Die drei anderen plappern aufgeregt miteinander. Ingvar zeigt nach vorn. Ich wische mir die nassen Haarsträhnen aus dem Gesicht und zeige nach hinten. »Meine Mütze!«, beschwere ich mich noch einmal.

Ingvar stutzt kurz. Dann lacht er dröhnend, sagt etwas auf Isländisch zu den anderen beiden, und die stimmen amüsiert in sein Gelächter mit ein.

»Ich habe sie verloren. Die brauche ich wieder. Das Nachbarmädchen hat sie aufgehoben und mitgenommen. Können wir bitte umdrehen und sie holen gehen?«

Natürlich verstehen sie mich nicht. Ich bin frustriert. Außerdem sind wir anscheinend schneller geritten, als ich dachte. Ich kann weder den Hof noch die Rauchsäule aus seinem Schornstein mehr sehen. Das ist wirklich seltsam. Ganz kurz muss ich an den Jungen vom Hafen denken. Den aus der anderen … Dimension. Aber noch nie habe ich Behausungen gesehen von –

»Erla«, ruft mich Ingvar plötzlich und reißt mich aus meinen Gedanken. Er zeigt nach vorn und erwartet offenbar eine Reaktion von mir.

Vor uns ist ein anderes Gehöft aufgetaucht. Zwei Häuschen mit Grasdächern, eng zusammengebaut, ein Schuppen mit einer kleinen Holzbank davor, frei laufende Pferde, Hühner, wieder so ein Fischgestell und Netze an der Wand, ein kleiner Pferch, ein Stall – alles nahezu identisch wie bei dem Nachbarhof. Nur haben die Gebäude hier größtenteils Dächer aus Wellblech. Und über einem davon endet die Stromleitung, an der wir schon eine Weile entlanggeritten sind.

Die Fenster sind winzig. Hier riecht es nicht nach Essen, nur nach Torf und Feuer, aber das verspricht immerhin Wärme und Trockenheit. Und nach diesem anstrengenden ersten Ritt würde ich mich auch wie Aschenputtel direkt davor auf dem Fußboden zusammenrollen, wenn ich nur aus diesen nassen, unpraktischen Klamotten herauskomme. »Großartig«, sage ich, und das kommt aus dem Herzen.

Als Flóki nach Hause kam, saßen seine jüngeren Geschwister Ulvi und Jarle bereits am gedeckten Abendbrottisch.

Es gab Fischsuppe mit Rüben und Brot. Sie beteten und aßen schweigend. Ulvi spielte die ganze Zeit hingebungsvoll unterm Tisch mit einer blauen Mütze herum. Flóki verbiss sich das Grinsen. Die Kleine tat so übertrieben heimlich, dass es ein blindes Schaf gemerkt hätte. Ihr Glück, dass die Erwachsenen bereits völlig vertieft über die Neuankömmlinge diskutierten. Das Gerücht über einen Ansturm von fremden Zuwanderern in untauglicher Kleidung war beinahe schneller hier angekommen als die Jugendlichen.

»Wo hast du die her?«, fragte Flóki, als seine Mutter endlich zum Melken hinausgegangen war und der Vater seine Abendrunde machte. Er hatte noch nie zuvor so eine Mütze gesehen, und an diesem Tag gleich zweimal? Das war sonderbar.

»Ein neues Mädchen ist bei Ingvar eingezogen«, krähte die Kleine. »Sie hat sie mir geschenkt.«

»Sie hat was?«, fragte Flóki und zog die Augenbrauen hoch.

»Sie hat sie verloren«, erwiderte sein kleiner Bruder und stellte das Geschirr zusammen, damit sie es gleich gemeinsam abwaschen konnten.

»Nein, geschenkt«, beharrte das Mädchen und zog einen Flunsch. »Sie hat mich gesehen, und schon hat sie mir die Mütze geschenkt. Sie ist sehr nett.«

»Ich habe noch niemanden so schlecht reiten sehen. Sie sah aus wie jemand, der noch nie auf einem Pferd gesessen hat«, kicherte Jarle.

»Vielleicht hat sie das ja wirklich noch nie«, überlegte Flóki. »Ich glaube, sie ist heute erst mit dem großen Schiff gekommen, über das Pabbi und Mamma gesprochen haben.«

»Mit dem Schiff?« Jarle staunte. »Du warst in Reykjavík?«

Flóki ging lieber nicht darauf ein. Dünnes Eis! Die Kleinen verplapperten sich so schnell. »Die Mütze behalte ich«, bestimmte er.

»Nein, das ist meine«, beschwerte sich Ulvi und streckte die Hände danach aus.

»Ich tausche – gegen Schokolade«, versprach er und griff in seine Westentasche.

»Nein, das ist meine«, beharrte Ulvi.

»Zwei Stück«, lockte Flóki.

»Na guuuut«, gab das Mädchen nach.

»Wieso glaubst du, dass sie dich gesehen hat?«

Ulvi verdrehte die Augen. »Na, weil sie gewunken hat. Und ich habe zurückgewunken.«

»Das lass aber mal besser nicht Pabbi hören«, mischte sich Jarle ein. »Ich will auch Schokolade.«

»Selber«, schimpfte Ulvi und schlug mit dem Holzlöffel nach ihrem Bruder.

Und schon hatte Flóki alle Hände voll zu tun, seine rangelnden Geschwister auseinanderzubekommen, ohne dass die Holzteller zu Bruch gingen. Sie waren schlüpfriger als ein Schwarm Fische, die kleinen Krabben.

3. Lange Ohren

Endlich steigen wir ab. Ich spüre meine Beine kaum noch und torkele ein wenig, als ich wieder Boden unter den Füßen habe. Die Tür des Häuschens geht auf, und ein alter Mann kommt heraus. Auch er mustert mich eher skeptisch und begrüßt mich mit einem unverständlichen Grunzen. Nach einem verdrießlichen Blick in den Himmel und einem kleinen Wortwechsel mit den anderen Erwachsenen geht er zurück ins Haus und schlägt die Tür hinter sich zu. Ich zucke unwillkürlich zusammen.

Der blonde Junge hält mir die Zügel meines Schimmelchens hin, und mir wird bewusst, dass ich immer noch nicht weiß, wie er heißt – und zwar weder der Schimmel noch der Junge.

Während er sich an meinem Sattel zu schaffen macht, sage ich meinen Namen und deute auf mich. »Erla. Ich heiße Erla. Und wie heißt du?«

»Andri«, erwidert er einsilbig.

Das ging flott. »Und das Pferd?«, frage ich weiter.

Andri zieht erstaunt die Augenbrauen hoch.

Ich klopfe zuerst mir auf die Brust, dann ihm und schließlich dem Pony. »Erla … bin ich. Andri … du. Und er hier? Wie ist sein Name?«

»Drifa«, antwortet er und sagt »girl« dazu. »Drifa is a girl.«

»A girl? Ein Mädchen? Du kannst Englisch?« Mein Herz macht einen Luftsprung. Aber Andri funkelt mich an und sieht erschrocken zu Ingvar hinüber, der gerade der alten Dame vom Pferd hilft. Er schüttelt verstohlen den Kopf, so als ob das niemand mitbekommen soll, und legt den Finger an die Lippen. Komische Familie.

Andri zögert kurz. Dann bewegt er seine Finger wie ein Klavierspieler und führt dabei die Hände von oben nach unten.

»Das sieht aus wie Regen.« Ich zeige auf meine nassen Haare und die Wolken. »Regen? Bedeutet Drifa Regen?«

Er verneint und zeigt auf das weiße Fell.

»Ah. Schnee!«, rufe ich und forme mit meiner Hand einen unsichtbaren Schneeball.

Andri grinst. Er nickt, schüttelt dann wieder den Kopf und wiederholt die Regengeste.

Ja, was denn jetzt? Ich runzele die Stirn. »Ach, Schneefall. Meinst du Schneefall?«

Wir lächeln uns an.

»Andri!«, brüllt Ingvar ungehalten von der Türschwelle. Anscheinend haben wir zu lange getrödelt. Schuldbewusst ziehen wir beide die Köpfe ein.

Ingvar gibt ein paar Kommandos, dann verschwinden die Erwachsenen mit meinem Gepäck in der ersten Tür der kleinen Häuschenreihe.

Unsere Aufgabe ist es anscheinend, zuerst die Tiere zu versorgen. Andri lädt mir meinen eigenen und seinen Sattel auf die Arme, dann streift er Drifa und seinem Pferd die Zügel über den Kopf und lässt die beiden laufen. Ich tappe ihm unsicher hinterher, als er das Gleiche auch mit den Pferden seines Vaters und seiner Großmutter macht und deren Sattel und Zaumzeug in den Stall hinüberträgt. Das ist der letzte Gebäudeteil. Hier gibt es kein Fenster im Dachgiebel, nur durch die offen stehende Tür dringt Licht ins Innere. Andri zündet eine Öllampe an, die in einer Ecke von der Decke baumelt. Wieso knipst er nicht einfach das Licht an?

Meine Augen brauchen einen Moment, um sich an das Halbdunkel drinnen zu gewöhnen. Eine Katze flieht fauchend durch meine Beine ins Freie. Andri nimmt mir wortlos den obersten Sattel ab und hängt ihn auf eins der einfachen, vom vielen Gebrauch glatt geschmirgelten Kanthölzer, die als Halterungen dienen. Ich hänge meinen daneben. Es riecht nach kaltem Rauch, der von einer Esse stammt. Werkzeuge und Geräte hängen an den Wänden und stehen davor. Eine Tür führt offenbar in die anderen Hausteile hinüber. Wir gehen mit den Trensen zu einem kleinen Holzbottich und spülen die Mundstücke der Pferde aus. Andri zeigt mir, wo die Forken sind, klettert eine Leiter hinauf und wirft eine Garbe Heu herunter. Dann bedeutet er mir, den Pferden ein wenig davon zu geben. Aber ich brauche jetzt wirklich als Allererstes und ganz furchtbar dringend ein Klo. »Ich muss mal«, erkläre ich verzweifelt, stelle die Forke beiseite und hampele von einem Bein aufs andere.

Andri starrt mich begriffsstutzig an. Dann lacht er plötzlich und deutet mit dem Kopf nach links.

Ich folge ihm auf die andere Seite des Gebäudes, vorbei an den beiden Hausteilen mit Türen und kleinen Fenstern im Dachbereich. Hinter einem kleinen Beet mit Zwiebeln, Kohl und Kräutern steht ein Wellblechverschlag ans Haus geduckt, der mir vorhin gar nicht aufgefallen war. Ein Plumpsklo also. Ich hätte mir denken können, dass es etwas so Fortschrittliches wie ein Wasserklosett noch nicht bis in die isländische Einöde geschafft hat, aber das ist mir in diesem Augenblick so was von gleichgültig. Ich hätte jetzt einfach gern zwei Minuten für mich allein. Also ziehe ich dem verdutzten Andri die Tür vor der Nase zu, schaufele mich aus den Lagen meiner Kleidung und lasse mich im Halbdunkel auf die kalte Holzbrille nieder. Erleichterung ist gar kein Ausdruck.

Andri wartet draußen. Die Tiere hat er inzwischen selbst versorgt und zeigt mir, wo ich mich waschen kann – das Wasser kommt lauwarm und nach Schwefel riechend aus einem kleinen Rohr, das in den Felsen verschwindet! – und dann will er, dass wir hineingehen, und lenkt mich am Ärmel zur Tür.

»Warte«, bitte ich und bleibe stehen. Meine Ohren fühlen sich an wie Eiszapfen und ich denke an morgen. Es war nicht weit bis zu dem anderen Hof, und es ist immer noch hell. »Ich will nur kurz zurück und sie suchen gehen. Ich bin gleich wieder da.« Ich zeige auf den Weg, den wir gekommen sind, und fasse mir an den Kopf, als ob ich mir eine Mütze aufsetze.

Andri sagt irgendwas, das ich natürlich nicht verstehe, und zupft an meinem Ärmel, um mich ins Haus zu lenken.

Aber ich beharre auf meinem Plan und stapfe los. »Es dauert nicht lang. Ohne Mütze erfriere ich bei euch. Lass es mich zumindest versuchen.«

Der Junge schnaubt, und ich bin ganz froh, dass ich seine Antwort nicht verstehe, so grimmig wie er guckt. Aber immerhin lässt er mich ziehen.

Ich spüre seinen Blick in meinem Nacken. Es dauert eine ganze Weile, bis ich die Tür hinter ihm ins Schloss fallen höre, da habe ich schon fast die kleine Anhöhe bezwungen, in deren Senke der Hof seiner Familie liegt.

Es regnet mittlerweile in Strömen, und die Tropfen finden ihren Weg nicht nur meinen Kragen hinunter, sondern auch durch meine Schuhe. Mein Wollrock saugt sich mit Wasser voll und wird immer schwerer. Ich verfolge die Hufspuren unserer kleinen Reisegruppe zurück. Wo sie sich tief in die schwarzen Lavasteinchen gegraben haben, stehen Pfützen. Wo nur Moos und Gras war, sind die frischen Abdrücke beinahe verschwunden, aber der Pfad ist uralt und nicht zu verfehlen. Hinter dem nächsten Hügel führt er allerdings in einem Bogen um das kleine Tal herum, von dem ich schwören könnte, dass wir direkt dort hindurchgeritten sind. Unschlüssig bleibe ich stehen und versuche, mich zu orientieren und eine Weggabelung zu finden. Der Weg, der über den Hügel führt und das Tal umgeht, hat sich in einen kleinen Bach verwandelt. Wo Gesteinsbröckchen und Geröll herabgespült wurden und liegen geblieben sind, formen sich bereits winzige Wasserfälle. Wenn es so weiterregnet, wird das eher eine Autobahn für Seepferdchen als für isländische Ponys. Dort sind wir ganz sicher nicht hergekommen. Aber da drüben ist ein großer Felsen, an den erinnere ich mich. Ich hatte noch Angst, dass mein Schimmelchen mich daran abstreift, weil Andri uns so dicht daran entlanggeführt hat.

Als ich um den Brocken herumgehe, sehe ich bereits die Rauchfahne des Nachbargehöfts. Mit einem dankbaren Lächeln taste ich mich die schlüpfrigen Steine hinunter, bis ich auf einen fein geharkten Weg aus Kieseln und Muscheln treffe, der direkt zu der Dreierreihe von Häuschen führt, an denen wir vor einer Stunde vorbeigekommen sind. Die einheimischen Pferde sind eindeutig trittfester als ich. Ich brauche eine Weile, bis ich unten angelangt bin. Aus dem Inneren dringen fröhliches Kinderlachen und Musik heraus. Jemand scheint Flöte zu spielen, und eine Geige höre ich auch. Mir wird ganz warm ums Herz, und nichts würde ich lieber tun, als einzutreten und einen Moment zu lauschen. Meine Mütze ist gerade völlig nebensächlich. Ich hebe meine Hand, meine Fingerspitzen fangen an zu kribbeln. Doch gerade als ich klopfen will, reißt mich jemand brutal an der Schulter zurück.

»Andri!«, kiekse ich überrascht.

Die Musik verstummt. Drinnen werden Stühle gerückt, und aus dem Augenwinkel sehe ich Kindernasen und kleine Händchen an der Fensterscheibe auftauchen. Ihre Augen sind genauso groß wie meine. So ein ungehobelter Kerl! Und mich so zu erschrecken! »Was machst du hier?«

»Come!«, herrscht er mich an, und diesmal zupft er nicht an meiner Jacke, er reißt mich daran regelrecht von der Eingangsstufe. Ziemlich sauer wirkt er. Aber in seinem Blick flackert noch etwas anderes: Angst.

»Ich will doch nur meine blaue Mütze holen!«, schimpfe ich und drehe mich zur Tür. Aber die ist verschwunden, wie auch der gesamte Hof. Wo sich eben noch das kleine Mädchen und sein Bruder die Nasen an der Fensterschreibe platt gedrückt haben, ist jetzt nur moosbewachsener Fels. Keine Spur von Musik oder einem heimeligen Feuer.

»Meine Mütze!«, blubbere ich verwirrt. Andri bekreuzigt sich stumm und zieht ein kleines, flaches Päckchen aus seiner Brusttasche, das er auf einen Stein legt, an die Stelle, wo eben noch die ausgetretene Türschwelle war, auf der ich stand.

Ich lasse es willenlos geschehen, dass Andri mich den ganzen Weg zurück an die Hand nimmt und eisern nicht loslässt.

Oben auf dem Hügel bleiben wir kurz stehen, um zu verschnaufen. Ich drehe mich noch einmal um. Da liegt der Hof wieder, glasklar und sichtlich belebt mit seinen Hühnern und dem Rauch aus dem Kamin. Es hat aufgehört zu regnen. Stattdessen kriechen Dunstschwaden über den Boden. Das kleine Mädchen steht in der geöffneten Tür und winkt mir zu, Andris Geschenk in der Hand. Aber nach einem Seitenblick auf ihn traue ich mich nicht, es ihr nachzutun und den Gruß zu erwidern.

Er sieht nicht so aus, als würde er darüber reden wollen. Ich muss an Mutsch denken und an ihre sorgenvolle Warnung, dass Leute mich für verrückt halten könnten, und beiße mir auf die Lippe.

»Andri, ich …«, fasse ich mir ein Herz, als wir immer noch schweigend vor der Haustür zu meinem neuen Heim angekommen sind. Aber er würgt mich ab und schickt mich hinein. »Don't do that again.«

Das Haus ist aufgebaut wie ein langer Schlauch. Ein Raum führt in den nächsten. Türen gibt es keine, abgesehen von dem winzigen, dunklen Flur gleich hinter dem Eingangsbereich, in den wir unsere Jacken hängen und die Schuhe stellen. Es gibt wirklich keinen Strom, und ich frage mich, was das dann für ein Kabel ist, das ich gesehen habe. Stattdessen brennen funzelige Öllampen.

In meinen nassen Strümpfen setze ich mich auf den freien Holzschemel am Tisch in der Stube. Die alte Frau scheucht mich gleich wieder auf, zieht mich am Ärmel zum holzbefeuerten Herd im hinteren Teil des Raumes und drückt mir ein Messer und einen Kohlkopf in die Hand.

»Klein schneiden, verstanden«, sage ich leise und mache mich ans Werk. Während ich schnippele und die Kohlsuppe im Topf langsam gar köchelt, fallen mir schon im Stehen beinahe die Augen zu. Ich denke an Mutsch und was sie wohl gerade macht. Ob sie angekommen ist? Wie weit weg das wohl sein mag? Wann werden wir uns wiedersehen? In meinem Hals formt sich ein Kloß, der immer dicker wird. In einer Ecke an der Wand entdecke ich ein Telefon. Dafür also die Kabel und die Masten auf dem Weg hierher! Niemals hätte ich gedacht, dass ich etwas so Modernes hier in der Einöde finden würde! Aber ich traue mich nicht zu fragen, ob ich es benutzen darf und wie es funktioniert, denn es hat keine Wählscheibe. Und davon abgesehen: Ich habe Mutschs Nummer nicht.

Vor dem kleinen, in neun weiße Quadrate geteilten Fenster schnaubt ein Pferd. Es ist mein Schimmelchen, Drifa. Sie sieht kurz zu mir herein, zumindest bilde ich es mir ein, und ich stelle mir vor, wie ich zur Tür hinausrenne, zu ihr auf den blanken Rücken springe und mit ihr davonreite. Irgendwohin, Hauptsache weg. Vielleicht zum Nachbarhof, wo die Kinder so lieb gewunken haben. Aber wie sollte Mutsch mich dort finden, wenn selbst ich nur Felsen sehe, sobald ein anderer dabei ist? Außerdem würde ich keine zwanzig Meter weit kommen, ohne herunterzufallen.

Nach dem Essen und Spülen darf ich mich endlich zurückziehen und mich aus meinen nassen Kleidern schälen. Mein Bett ist ein einfaches Lager in der nächsten Kammer, in der Vorrat und Hausrat aufbewahrt werden. Es ist aus Treibholz gebaut, wie die meisten der anderen Möbel auch. Dahinter liegt die Werkstatt, wenn mich meine Orientierung nicht trügt, aber einen Zugang dorthin gibt es anscheinend nur von außen. Die Familie schläft oben, in einem Zimmer auf dem Dachboden, der über eine schmale Treppe vom Vorraum aus erreichbar ist.

Meine Matratze riecht nach Stroh und knistert, als ich mich hinlege. Sie ist weich gestopft, und ich weiß nicht, ob ich darauf schlafen kann. Aber die Decke ist dick und warm. Dankbar wickele ich sie mir eng um die nackten, eiskalten Zehen und hoffe, dass sie so schneller auftauen. Ich bin mir ziemlich sicher, dass das Bett mit Daunen gefüllt ist. So ein richtiges Federbett hatte ich auch mal … früher. Ich erinnere mich an mein Kinderzimmer in Lübeck, an die Zeit, bevor die Bomben fielen und als Mutsch mir abends Geschichten vorgelesen hat, von einem englischen Mädchen und seinem edlen schwarzen Pferd. Und mit diesen Bildern vor Augen schlafe ich ein.

Am nächsten Morgen rüttelt mich die Alte wach. Ich habe keine Ahnung, wie lange ich geschlafen habe oder wie spät es ist, denn es ist immer nur hell. Ich weiß inzwischen, dass sie Andris Großmutter ist und Hrafnhildur heißt, der Großvater heißt Thorbjörn. Wo Ingvars Frau und Andris Mutter ist, weiß ich nicht. Ich soll alle duzen, aber das heißt nicht, dass wir Freunde wären oder sie mich als Teil der Familie sähen. Es ist einfach so Brauch, also wird Mutsch wohl zu ihrem Dienstherrn auch nicht länger Herr Hrafn sagen, sondern einfach Hrafn, wenn sie sich daran gewöhnen kann.

In der Stube ist es furchtbar kalt, der Boden besteht aus gestampftem Lehm. Meine Schuhe sind immer noch nass, also ziehe ich mir zwei Paar Socken übereinander an und schlüpfe in die großen Holzpantinen, die Hrafnhildur mir hinstellt. Ich soll im Herd Feuer machen, aber weil ich mich so dumm anstelle, übernimmt die Großmutter es schließlich selbst. Immerhin zeigt sie mir bei der Gelegenheit, wie man die dünnen, geruchlosen Fladen richtig schichtet, die sie hier zusammen mit Torfstücken statt Holz verwenden. Ich weiß nicht, woraus sie bestehen, auch wenn ich eine leise Ahnung habe. Sie riechen ein bisschen nach Schaf und Kuh. Verstohlen wische ich mir die Hände an der Schürze ab.

Zum Waschen schicken sie mich wieder nach draußen. Es gibt nicht nur keinen Strom, sondern auch kein fließendes Wasser im Haus. Das haut mich schon ziemlich um. Ich meine, wir leben in der Mitte des zwanzigsten Jahrhunderts, und unsere einzige künstliche Beleuchtung sind Öl- und Tranlampen und das Herdfeuer. Wenn es nicht das Telefon geben würde, das Hrafnhildur zwischendurch tatsächlich benutzt hat, würde ich glatt glauben, wir wären durch eine Zeitschneise im Mittelalter gelandet, wie in einem Roman von Jules Verne oder so.

Die Großmutter nimmt mich mit hinaus zum Melken. Allerdings darf ich mich nicht an der Kuh versuchen, sondern soll die kleinen Euter von drei Mutterschafen ausdrücken, die sie mir mit geübten Griffen aus dem Pferch vor dem kleinen Stall fängt und davor anbindet. Wie soll das denn gehen?

Hrafnhildur brummelt unzufrieden auf Isländisch vor sich hin, dann kniet sie sich neben mich auf den Boden, macht die Handgriffe vor und lässt mich erst in Frieden, als die ersten Tropfen in einem dünnen, warmen Strahl zwischen meinen Fingern in den Eimer schießen.

Im Gehege blöken die Lämmchen, die zurück zu ihren Müttern möchten. Hrafnhildur deutet auf den Eimer und sagt irgendwas, dann zeigt sie auf die Schafe, den Pferch und das Haus. Ich verstehe ihr Kauderwelsch so, dass ich erst wieder reinkommen darf, wenn die Euter leer sind, und dass die Muttertiere dann zurück zu ihren Babys sollen.

Mit den Augen suche ich die Umgebung nach den Pferden ab. Sie haben sich zum Grasen eine Fläche etwas oberhalb des Hofs gesucht.

Mein Magen knurrt. Ich bin gespannt, was es zum Frühstück gibt. »Auf jeden Fall schon mal Milch«, flüstere ich dem Schaf zu, das ich gerade melke. »Vielen Dank dafür, du.« Als ich mit Nummer eins fertig bin, tut es mir so leid, dass die Lämmchen beständig schreien. Also nehme ich das Schaf am Strick und lasse es in den Pferch. Immerhin ein Lämmchen glücklich gemacht.

Mit einem Lächeln auf den Lippen kehre ich zu den anderen beiden zurück. Und erstarre. Die blöden Viecher haben in der Zwischenzeit meinen Melkeimer umgetreten. Die weißliche Suppe versickert bereits zwischen den schwarzen Lavasteinchen, mit denen die Wege um den Hof belegt sind. Nicht einmal die schwarz-weiße Hofkatze war schnell genug. Meine ganze Arbeit umsonst! Und jetzt?

Mir bleibt nichts anderes übrig, als von vorn anzufangen und zu hoffen, dass die Milchmenge der beiden Damen ausreicht, um den Verlust zu kaschieren. Hrafnhildur ist sowieso schon nicht besonders gut auf mich zu sprechen. Und wenn sie Ingvar erzählt, wie blöd ich mich anstelle, macht es meinen Start hier ganz sicher nicht besser.

Ich beiße die Zähne zusammen und beginne mit dem Melken des zweiten Schafs. Diesmal stelle ich den Eimer zuerst außer Reichweite und binde erst dann das Tier los. Alles geht glatt, auch beim dritten Mutterschaf. Ich spüre Hrafnhildurs Blick in meinem Nacken, aber ich zwinge mich dazu, mich nicht umzudrehen.

Allerdings schreien die Lämmer immer noch, und das verstehe ich nicht, sie haben ihre Mütter doch wieder, im Gegensatz zu mir. Mein Eimerchen ist halb voll. Als ich damit in die Küche komme, steht Hrafnhildur am Herd und kocht. Als sie meine Ausbeute überprüft, scheint sie halbwegs zufrieden zu sein. Erleichtert atme ich auf.

Ich darf mich an den Tisch setzen, eine Schale Brei essen und bekomme dazu einen Kanten dunkles, süßes Roggenbrot mit Butter und etwas Skyr.

Doch ich habe noch nicht mal zur Hälfte fertig gegessen, als Ingvar hereinkommt. Er zeigt nach draußen und zu mir, die beiden unterhalten sich lautstark, und schließlich stürmt die Großmutter mit ihm hinaus. Ich schaufele den Rest meines Frühstücks in mich hinein, so schnell ich kann, und das ist auch gut so, denn gerade, als ich meine Schale mit Skyr ausgelöffelt habe, kommt Hrafnhildur zurück, schlägt mir den Löffel aus den Fingern und zieht mich am Ohrläppchen mit sich hinaus. In der anderen Hand hat sie den viertelvollen Eimer mit der Schafsmilch.

»Au«, beschwere ich mich. »Loslassen! Was habe ich denn nun wieder falsch gemacht?« Der Schmerz treibt mir Tränen in die Augen.

Am Pferch halten wir an. Hrafnhildur lässt mich mit einem abfälligen Grunzer los. Die drei Lämmchen blöken immer noch, aber wenn sie trinken wollen, treten die Mütter sie weg. Und da begreife ich. Ich habe zu gut gemolken. Die Kleinen sind hungrig. »Oh, das tut mir so leid«, sage ich und reibe mein glühendes Ohr. Mir ist jetzt wirklich zum Heulen zumute. »Das wollte ich doch nicht. Ich hab's nicht gewusst!«, sage ich und sehe Hrafnhildur an.

Wortlos drückt sie mir einen verzwirbelten Stofffetzen und den Milcheimer in die Hand. Das braucht sie nicht zu erklären, das habe ich schon einmal gesehen. Bei einer jungen Mutter, die keinen Sauger hatte für ihr Baby. Ich klettere über den Zaun, tunke den Stoffstreifen ein und halte ihn dem ersten Lämmchen unter die Nase. Sofort fängt es gierig an, die Milch zu saugen. Immer abwechselnd lasse ich die drei nuckeln, bis der Eimer leer ist. Dann lehne ich mich zum Verschnaufen kurz an die Stallwand. Ich meine, einen Schatten zu sehen, und presse mich an das Wellblech. Alte Gewohnheit.

So findet mich Andri. »Come«, sagt er und sieht genervt aus. »More work.«

Mehr Arbeit also. Wir gehen zu den Pferden. Er hat Drifa und das braune Pony, das er gestern geritten ist, an den Balken vor dem Stall gebunden und drückt mir eine Bürste für den groben Schmutz von Gesicht, Rücken und Bauch der Ponys in die Hand, damit nichts scheuert durch Sattel und Zaumzeug. Geduldig zeigt er mir, wie man das Leder verschnallt und die Hufe auskratzt. Dann reiten wir los, und mit jedem Meter, den wir uns vom Hof entfernen und ich mich auf dem Pferderücken forttragen lasse, beruhige ich mich ein wenig mehr.

»Wo reiten wir hin?«, will ich wissen. Andri hat Packtaschen dabei, das sieht nach einer längeren Unternehmung aus.

Er grinst und ahmt das Geräusch einer Ente nach. Dazu klemmt er sich die Hände unter die Achseln und schlägt mit seinen nicht vorhandenen Flügeln.

Ich muss kichern. »Wir gehen Enten suchen?« Ich übe mich in einem Schnattern, das eher nach Huhn oder Gans klingt als nach Ente, und wir lachen beide. Ich glaube, er hat mich vor dem Zorn seiner Großmutter retten wollen, und dafür bin ich ihm wirklich dankbar.

Wir reiten bergan, eine ganze Weile kommen wir nur im Schritt vorwärts, weil überall spitze Steine herumliegen und die Ponys sich ihren Weg dazwischen suchen müssen. Dann kommen wir wieder an eine Ebene. Hier wogt wildes Korn im Wind, die Halme sind grün, aber die Ähren sehen nach Roggen aus. Ich frage mich, wer das hier oben angebaut hat, vielleicht wächst es aber auch wild.

Andri kommt neben mich und zeigt mir noch einmal geduldig und sehr bemüht, wie ich mich für diesen Tölt richtig zu setzen und die Zügel zu halten habe. Er bleibt neben mir, als wir es versuchen. Immer ein paar Meter mehr, dann wieder Schritt und wieder von vorn. Der Wind treibt die Wolken von uns weg, und die Sonne wagt sich dahinter hervor und verleiht dem grauen Land zum ersten Mal strahlende Sommerfarben. Grün und blau und dazwischen bunte Farbtupfer und Inseln aus Blumen, farbigen Moosen und Wollgras. Das ganze Land scheint durchzogen von Adern aus plätschernden Bächen, Quellen, Wasserfällen und Seen.

Drifa schnaubt unter mir und schaufelt sich mit ihren Vorderhufen vorwärts. Ich atme die frische Seeluft ein, die der Wind zu uns herüberträgt, und die Traurigkeit fällt von mir ab. Schön ist es hier. Wirklich wunderschön.

Viel zu früh halten wir an. Wir sind meerwärts geritten und haben die Klippen erreicht. Die Aussicht ist phänomenal. Leider lässt Andri sie mich nicht lange genießen. Wir knoten die Zügel an den Sätteln fest und überlassen die Pferde sich selbst. Sie beginnen sofort zu grasen.

Wir dagegen klettern zwischen den Felsen und in windgeschützten Ecken unten am Kiesstrand und im Gras herum. Andri hat zwei Säcke aus den Packtaschen geholt. Damit machen wir uns an die Arbeit.

Es geht darum, den Eiderenten ihre weichen Daunen aus den Nestern zu klauen. Allerdings plündern wir die Nester nicht vollständig. Andri zeigt mir mehrmals hintereinander, wie viele Daunen wir nehmen dürfen und von welchen Nestern wir komplett die Finger lassen. Ich habe noch nie etwas so Flaumiges in meinen Händen gehabt. Diese Daunen sehen überhaupt nicht aus wie Federn, sondern eher wie ganz weiche Fellflusen, ein bisschen wie die Wollmäuse unterm Bett, wenn man dort länger nicht gefegt hat.

Nur von verlassenen Nestern, in denen Eierschalen davon zeugen, dass die Familien bereits ausgeflogen sind, nehmen wir einen größeren Anteil. Die Küken sollen es ja weich und warm haben und die Elterntiere wiederkommen für ihre nächste Aufzucht. Auch die Eier rühren wir nicht an, wenn wir noch welche entdecken.

Andri gibt mir zu verstehen, dass die Enten sicher ganz in der Nähe sind. Nach meiner Erfahrung vom Morgen bin ich sehr erleichtert, als ich sehe, dass die Vögel sich tatsächlich nur kurz haben aufschrecken lassen und sofort zu ihrem Gelege zurückkehren, wenn wir uns zurückziehen.

Wir reden kaum. Zwischendurch macht Andri einen halbherzigen Anlauf auf Isländisch. »Hvað ertu gömul?«, fragt er mich. Und nachdem er auf sich gezeigt und mit Händen und Fingern die Zahl siebzehn gebildet hat, verstehe ich, was er von mir will, und halte ihm zwei Hände und vier Finger als Antwort hin.

»Fjórtán«, wiederholt er, und das klingt sogar ein bisschen wie vierzehn.

»Stimmt«, gebe ich zu Protokoll und grinse. »Ich bin vierzehn.«

Andri dagegen sieht eher bestürzt aus. Keine Ahnung, was er jetzt schon wieder hat.

»Hey, eigentlich bin ich fast fünfzehn«, sage ich. Aber unsere Unterhaltung scheint beendet, und Andris Stimmung ist auf einmal wieder so frostig wie der Wind. Ich würde zu gern wissen, warum die Menschen hier oben so furchtbar launisch sind.

Es ist eine zähe Angelegenheit, und wir brauchen Stunden, bis die Säcke halbwegs gefüllt sind. Als Andri endlich meint, wir wären fertig, klettere ich bis ganz nach oben in die Klippen und sehe mich um. Ich atme tief ein. Die Luft ist so klar, dass ich über die Ebene hinter uns bis zu einem Gletscher sehen kann. Und vor mir bauscht sich die endlose See. Zwischen Deutschland und mir liegt ein ganzer Ozean. In den Ohren habe ich das Schnattern der Enten, das Kreischen der Möwen und dieser hübschen, pinguinartigen Gesellen mit den dicken orangefarbenen Schnäbeln. Wie ein stetiges, wildes Summen tanzt über allem das Brausen des Windes, der mir stürmisch durch die Haare zaust. Um mich herum ist nichts als die unendliche Weite von Land und Meer – das alles gefällt mir sehr gut.

Ich breite die Arme aus, lege den Kopf in den Nacken und genieße es, mich zu spüren, zum ersten Mal seit sehr langer Zeit. Es ist nur schade, dass ich nichts davon mit jemandem teilen kann. »Mutsch«, wispere ich leise. »Ich vermisse dich so.«

Wieder werde ich das komische Gefühl nicht los, dass ich beobachtet werde, und zwar nicht nur von den Vögeln. Aber wer sollte hier draußen sein, außer den Pferden und mir und Andri? Und der ist es nicht. Er steht knapp zwanzig Meter unterhalb von mir und schnürt unsere prallvoll gefüllten Säcke auf die Pferde. Natürlich ist niemand sonst zu sehen.

Kurz meine ich, etwas Blaues zwischen den Felsen wahrzunehmen, aber dann ist es auch schon wieder weg. Dafür sehe ich Pferde in der Ebene, eine ganze Herde von ihnen, in allen Farben, auch Fohlen sind dabei. Mein Herz schlägt schneller. Vielleicht bin ich gerade dabei, mich zu verlieben. In dieses kalte Land voller Kontraste. Mit tapferen, kleinen Ponys, grauen Felsen, schwarzem Sand und grünen Wiesen, mit schneebedeckten Bergen, sprudelnden Bächen und dampfenden, stinkenden Blubberblasenmooren. Wenn nur die Menschen nicht wären, oder zumindest einige von ihnen.

Gedankenverloren reibe ich mir über das Ohr, das mir die Großmutter am Morgen lang gezogen hat. Es tut immer noch weh, wenn ich es berühre. Und der kalte Wind macht es nicht besser. Wer hätte gedacht, dass man im Juni seine Mütze so vermissen kann?!

»Ich will aber mit.«

»Nein, du bleibst hier.«

»Dann sage ich es Mamma.«

»Mach doch, dann sage ich ihr, dass ich es wiedergutmachen wollte, weil du gestohlen hast.« Flóki krauste die Stirn, stemmte die Fäuste in die Hüften und gab sich alle Mühe, so ernst zu gucken, wie er nur konnte, ohne dabei loszuprusten.

Ulvi schob die Unterlippe nach vorn und zog einen Flunsch. Dass Jarle und sie das fremde Mädchen noch einmal gesehen hatten, direkt vorm Fenster, sagte sie ihrem großen Bruder jetzt lieber nicht. Und auch nicht, dass sie Andris Päckchen mit dem Tabak behalten hatten, weil sie dachten, es wäre Schokolade darin. »Hab ich gar nicht.«

Flóki seufzte. »Fang nicht wieder davon an.« Er hockte sich vor seine kleine Schwester und schob ihr einen Finger unters Kinn. »Jetzt hör mal. Ich gebe die Mütze einfach zurück. Wir sagen beide Mamma nichts davon. Dann brauchen wir auch am Sonntag keine Furcht zu haben, dass der Pastor mit uns schimpft.«

Ulvi machte große Augen. Sie hatte ziemliche Angst vor dem Pastor, weit mehr noch als davor, dass die Bergtrolle sie holen kommen könnten, wenn sie ihre Zähne nicht putzte, sich im Winter nach Einbruch der Dunkelheit allein draußen herumtrieb – oder sich zu nah an die Siedlungen der Menschen heranwagte, um neugierig durch ihre Fenster zu spähen.

Diesmal war das nun aber tatsächlich nicht ihre Schuld gewesen. Wie Flóki inzwischen herausgefunden hatte, waren Ingvar und seine Familie direkt an ihrem Hof vorbeigeritten. Das kam nur vor, wenn das Wetter so schlecht war, dass der Pfad über die Hügel unterspült war, wenn sie auf dem Rückweg von der Bucht waren, um eine

Lieferung aus Reykjavík abzuholen. In diesem Fall war die Lieferung die rothaarige Trägerin einer gewissen blauen Mütze gewesen. Und das Mädchen war nicht die einzige sonderbar gekleidete Ausländerin, die auf diesem Weg auf eine der Hofstellen hier draußen verteilt worden war.

Flóki hatte gehört, dass ihre Mutter zwei Höfe weiter untergebracht war. Drüben bei Gudmundsson hatten sie auch eine Deutsche genommen, und noch eine war weiter oben im Norden untergekommen. Sie sollten bei der Ernte und im Haus helfen. Solche Neuigkeiten verbreiteten sich schnell wie Ascheregen. Flóki fragte sich, wo dieses Deutschland war und wie es dort wohl aussah. Aber noch viel neugieriger war er darauf, ob das Mädchen ihn wiedererkennen würde, wenn er sich ihr zeigte. Ganz offensichtlich war sie eine Sehende.

»Hallo, wie geht's? Kommst du mit an den Bach?«

»Wir wollen Forellen angeln gehen.« Sóley und Eldar kamen ihm entgegengeritten, als er sich gerade auf den Weg machen wollte.

Schnell steckte er die Mütze ein. »Keine Zeit«, gab Flóki einsilbig zurück.

»Wohin willst du?«, fragte Sóley.

Er zuckte mit den Achseln. »In die Berge. Mal sehen, ob noch ein paar Eiderdaunen übrig sind.«

»So spät noch? Wir sammeln nur bis Ende Juni.«

»Wir auch.« Er bemühte sich, nicht zu gereizt zu klingen. »Ich will ja auch nur nachsehen, ob die Menschen sich ebenfalls an die Vereinbarung halten.«

»Warum sollten sie das nicht?« Sóley zog verblüfft die Augenbrauen hoch.

»Lass ihn«, ging Eldar dazwischen, bevor Flóki etwas erwidern

konnte, was sicher nicht mehr ganz so nett gewesen wäre. Konnten sie ihn nicht einfach in Ruhe lassen und weiterreiten?

Eldar sah seinen Blick. »Es kann sicher nicht schaden, mal nachzusehen. Wir gehen ein andermal angeln.«

»Ich wünsche euch guten Erfolg. Und habt Spaß.« Flóki nickte ihnen zu und ritt in die andere Richtung davon.

»Was war das denn?«, wunderte sich Sóley, als er außer Hörweite war. Sie kannte Flóki immer nur gut gelaunt und zu Streichen aufgelegt.

Eldar hob die Schultern. »Keine Ahnung«, sagte er mit gerunzelter Stirn und grinste plötzlich. »Er hat etwas unter seiner Jacke versteckt. Vielleicht steckt ein Mädchen dahinter.«

»Bei Flóki?« Sóley begann ebenfalls zu grinsen. »Na jaaaa«, sagte sie dann gedehnt. »Hübsch aussehen tut er ja. Und er kann tanzen. Richtig gut sogar.« Schwärmerisch schloss sie die Augen und legte den Kopf schief. »Bestimmt kann er auch gut küssen.«

»Wehe, du probierst das aus. Wenn dich einer küsst, dann bin ich das.«

Sóley lachte schallend. »Dazu musst du mich erst mal kriegen.« Sie gab ihrem Wallach ein Signal, und der Schecke galoppierte aus dem Stand los.

»Na warte!«, rief Eldar und machte, dass er hinterherkam.

Flóki hatte nicht viel Ahnung vom Spurenlesen. Er folgte einfach dem Weg, den Andri und das Mädchen genommen haben mussten. Er wusste, wo Ingvars Familie die Daunen der Eiderenten sammelte, und er hatte am Morgen die Unterhaltung zwischen Ingvar und dessen Mutter mit angehört. Wie nichtsnutzig sich das Mädchen anstelle, dass sie Milchdiebe nicht leiden könne und dass sie Erla für ausgesprochen dumm hielt.

Flóki hatte genug gehört. Erla hieß sie also. Er hatte gesehen, dass sie keine Milch gestohlen hatte. Sie verstand die Sprache nicht, und sie hatte in ihrem Leben noch nie ein Schaf gemolken. Auch wenn sie diesen Umstand noch so sehr zu verstecken suchte, das sah man auf den ersten Blick, wenn man es nur sehen wollte und hinter die Dinge blickte. Aber das war auch irgendwie süß. Darin erinnerte sie ihn an Ulvi. Schon hatte er eine Idee, wie er sie aufmuntern konnte. Und Hrafnhildur brauchte eine kleine Lektion. Vielleicht sollte er mal die Hühner dazu anstiften, ein paar Tage keine Eier zu legen.

4. Vierzehn plus

Als wir zu den Pferden kommen, traue ich meinen Augen kaum. »Meine Mütze!« Sie klemmt unter dem Steigbügel meines Sattels. Und da ist noch etwas. In die Kopfbedeckung eingewickelt fühle ich einen flachen, rechteckigen Gegenstand. Meine Finger prickeln ein wenig, als ich die Dinge berühre.

»What?«, will Andri wissen. Was hast du da? scheint sein neugieriger Blick zu fragen.

»Nichts«, sage ich sofort und stecke die Kopfbedeckung ein. Ich könnte wohl kaum erklären, wie sie hierherkommt, lieber hole ich mir noch mal Eiswürfelhaare auf dem Rückweg.

Als wir die Pferde besteigen, sehe ich mich nach dem kleinen Mädchen um. Es muss hier irgendwo sein. Aber ist das nicht gefährlich, ganz allein hier draußen? Müsste ich Andri doch irgendwas sagen? Sollten wir das Nachbarkind suchen? Wie hat es mich überhaupt gefunden? Aber so bescheuert abergläubisch, wie Andri sich am Vortag verhalten hat … Unschlüssig kaue ich auf meiner Unterlippe herum und betrachte Andris Rückansicht. Grau gemusterte Strickmütze, dicker Pulli im selben Muster, Cordhosen, klobige Stiefel. Frieren tut der bestimmt nicht, im Gegensatz zu mir.

Verstohlen schiebe ich meine klammen Finger unter Drifas Mähne, um ein bisschen von ihrer Körperwärme abzubekommen, während ich langsam hinter ihm her zuckele.

Ich habe es überhaupt nicht eilig, wieder zurück auf den Hof zu kommen. »Andri«, rufe ich nach vorn und gebe mir Mühe, mein Schimmelchen neben ihn zu lenken. Vielleicht tölten wir ja nicht gleich wieder los, wenn ich ihn in ein Gespräch verwickele.

Verwundert sieht er mich an. Ich hätte tausend Fragen über dieses Land, die Sprache, über seine Familie, ob er weiß, wo ich meine Mutter finden kann … und was es mit kleinen Mädchen auf sich hat, deren Hofstellen plötzlich wie vom Erdboden verschluckt scheinen, denen man aber Geschenke bringt. Nur ist all das schwierig, wenn keiner die Sprache des anderen spricht.

»Eure Nachbarn«, fange ich trotzdem einfach an zu plappern und zu kauderwelschen. »Your neighbours. Die haben zwei kleine children. Ist das safe, wenn die hier draußen alone sind?«

Er sieht mich an, als hätte ich eine Kuh am Stück gefrühstückt. »No«, sagt er abwartend.

»Mist, wusste ich's doch.« Ich klopfe mir mit der Faust auf den Oberschenkel.

Andri legt den Kopf schief und legt mir gestenreich nah, die Zügel wieder in beide Hände zu nehmen.

Hektisch sehe ich mich in alle Richtungen um. Dann ist die Kleine noch irgendwo hier. Wir müssen sie suchen. »Look! Child!«, sage ich energisch.

Andri sieht sich folgsam um, runzelt aber die Stirn immer doller. Er schüttelt den Kopf. »No child. No other farm near.« Er sieht mich an, als ob er geistig erst mal Anlauf nehmen muss, aber dann formt er Wort für Wort einen ganzen, zusammenhängenden Satz auf Englisch. Und sein Englisch klingt um Längen besser als meins. »Hier gibt es keinen Bauernhof außer unserem.

Unsere Nachbarn sind vier Stunden zu Fuß entfernt. Und sie haben keine Kinder.«

Ich starre ihn an. »Doch, natürlich haben sie das. Einen Jungen und ein kleines Mädchen. Ich habe den Hof gesehen. Er war da! Ganz in der Nähe bei euch. Und du weißt ganz genau, dass sie da wohnen. Sonst hättest du ja nicht versucht, mich aufzuhalten, als ich meine Mütze wieder holen wollte und –«, ich unterbreche mich selbst. »Warum eigentlich? Wieso wolltest du nicht, dass ich da klopfe? Und was war in dem Päckchen, das du dort abgelegt hast? Du hast Angst vor ihnen, stimmt's?«

Andri sieht sich gehetzt um, so als könnte uns irgendjemand gefolgt sein und mitten im Nirgendwo belauschen. »Sprich nicht über die Unsichtbaren. Und vor allem verärgere sie nicht! Wenn wir uns gut mit ihnen stellen, lassen sie uns in Ruhe. Wenn man es sich mit ihnen verscherzt, hören die Hühner auf Eier zu legen. Sie können Flüsse vergiften und dafür sorgen, dass die Fische wegbleiben. Also hüte dich!« Er droht mir mit dem Zeigefinger und kommt mir ziemlich albern dabei vor.

»Papperlapapp. Das Mädchen muss irgendwo hier draußen sein«, widerspreche ich. »Es wird niemanden vergiften, aber es braucht vielleicht Hilfe.«

»Nein. Glaube mir, es ist gefährlicher für dich als für sie.« Er schüttelt nachdrücklich den Kopf und töltet an. »Komm!«

Offensichtlich ist der Anflug einer Unterhaltung auch schon wieder vorbei. »He, warte mal!«, rufe ich und versuche, Drifa dazu zu bekommen, mich nicht wieder so durchzuschütteln, dass ich mir vorkomme wie der letzte Apfel am Baum. Andri spricht perfekt Englisch, ich fasse es nicht. Wieso zum Henker hat er das bisher verschwiegen? Fand er das witzig? Wir haben eindeutig nicht denselben Humor.

Der Abstand zwischen Andri und uns vergrößert sich zusehends, weil ich mich in die Bügel stemme und in den Zügeln hänge, bis Drifa und ich uns auf eine Gangart geeinigt haben, mit der wir beide zurechtkommen. Dieser rasende Zuckeltrab ist es nämlich nicht. »Mir tut immer noch der Po weh«, erkläre ich meinem Schimmelchen verbissen. »Ich kann noch nicht so gut reiten, aber du weißt genau, was ich von dir will, also bitte, hilf mir!« Schließlich fällt Drifa in einen weichen Galopp. Den kann ich immerhin sitzen. »Danke!«, stöhne ich. »Du bist ein tolles Mädchen, wirklich!« Mit meinen steifen Fingern kraule ich ihr Mähne und Hals, lasse so viel von den Zügeln locker durch meine Finger rutschen, wie sie möchte, und bemühe mich, sie auch mit den Beinen und dem Rest meines Körpers so wenig zu stören, wie ich nur kann, aber das ist leichter gesagt als getan.

»He, warte auf mich!«, brülle ich noch einmal lauter. Endlich holen wir Andri ein. »Woher kannst du so gut Englisch?«, japse ich. »Und wieso rückst du erst jetzt damit raus?«

Eine Weile starrt er schweigend vor sich hin. Gerade, als ich überlege, ob er mich vielleicht nicht gehört hat, und den Mund aufmache, fängt er doch noch an zu reden. »Meine Mutter ist weg. Mit einem Amerikaner. Er war im Krieg hier stationiert.«

»Aha.« Und wieso spricht er dann Englisch? Ich habe Mühe, mich auf das Gespräch zu konzentrieren und gleichzeitig in dieser Geschwindigkeit weiter neben ihm zu reiten. Natürlich bekommt er das mit, aber er lässt sich Zeit, das Tempo zu drosseln. Erst, als es wieder felsiger wird und eigentlich kein Platz mehr für zwei

Ponys ist, werden wir langsamer und fallen schließlich in Schritt. Ich bin der festen Überzeugung, dass meine Beine abfallen werden, wenn ich sie aus den Bügeln nehme.

»Sie hat eine Arbeit im Büro bei den Soldaten in Reykjavík angenommen, damit wir Geld für ein neues Boot sparen können.« Er mustert mich kurz. »Die Amerikaner haben uns vor euch Deutschen beschützt im Krieg.«

Ich fixiere einen Punkt zwischen Drifas Ohren. Bei jedem Schritt, den sie macht, hebt und senkt sich ihr Kopf im Takt. Was soll ich dazu sagen?

»Im Sommer habe ich dort in der Fischfabrik geholfen«, erzählt Andri weiter. »Pabbi ist mit den Großeltern hiergeblieben. Einer musste sich ja um den Hof kümmern.« Er stockt wieder. »In der Zeit habe ich viel Englisch gesprochen. Sie wollte mich mitnehmen. Ich habe Nein gesagt.« Er zuckt mit den Achseln. »Jetzt bin ich zurück. Und du bist hier, um …« Er lässt den halb fertigen Satz zwischen uns hängen.

»Um eine Lücke zu schließen?«, versuche ich es. In meinem Kopf rotieren die Gedanken. Das erklärt ein Stück weit, warum seine Familie mich nicht mit Blumenstrauß, Pralinen und rotem Teppich empfangen hat. Aber ein bisschen willkommener würde ich mich trotzdem gern fühlen. Immerhin wurden wir eingeladen. »Und überhaupt ist uns gesagt worden, dass wir zusammen auf einen Hof gehen, meine Mutsch und ich. Was hat Ingvar da mit Hrafn gedealt? Ich kann ja schlecht deinen Pabbi heiraten, oder?«

Zumindest das Letzte sollte ein Scherz sein, aber Andri guckt einfach nur angewidert. »Nein. Du bist zu jung. Und komisch.

Ich will dich ganz bestimmt auch nicht.« Er trabt wieder an, überholt uns und setzt sich vor mich und Drifa.

Na, prost Mahlzeit. Ich hoffe, das war ein Witz. Sprachlos starre ich ihm hinterher. Ich muss mit meiner Mutter reden. Wir können hier nicht bleiben. Ich kann hier nicht bleiben. Haben die ernsthaft gedacht, dass …?

Andri dreht sich noch einmal zu mir um. »Zu Hause reden wir nicht auf Englisch, niemals. Hörst du? Nur wenn keiner sonst dabei ist.«

Ich nicke verdattert.

»Und zu niemandem ein Wort darüber, was ich dir gerade gesagt habe.«

»Es tut mir so leid, Andri.«

Er bügelt mich ab. »Behalte es einfach für dich. Dafür verrate ich niemandem, dass du die Verborgenen siehst. Mach uns bloß keinen Ärger damit, wir leben in Frieden mit dem Elfenvolk, wehe, du versaust das.« Seine Augen funkeln angriffslustig. »In deinen Papieren stand übrigens, dass du siebzehn bist. Nicht vierzehn.« Damit rammt er seinem Pferd so fest die Beine in den Bauch, dass ich zusammenzucke, und galoppiert los.

Ich runzele die Stirn. Siebzehn? Warum sollte Mutsch meine Papiere fälschen? Mir dämmert, dass das der Grund sein könnte, warum wir auf zwei verschiedene Höfe verteilt wurden. Aber was passiert, wenn ich das aufkläre? Schickt man mich dann nach Hause? Nach Deutschland? Allein? Dahin will ich nicht zurück. Ich muss wirklich ganz dringend mit meiner Mutsch reden. Die haben doch bestimmt die Nummer von dem Hof, auf dem sie untergekommen ist. Oder ein Fräulein vom Amt, eine Vermittlung, so wie bei uns in Deutschland? Ich werde ihr schreiben, heute Abend noch! Nur das mit den Elfen lasse ich besser weg. »Gefährlich, was für ein Quatsch«, murmele ich. Aber so leise, dass es nur Drifa hört.

Sonntag, 12. Juni 1949

Meine liebe Mutsch,

wie geht es dir? Ich bin unbeschadet auf Ingvars Hof angekommen. Sie sorgen gut für mich. Ich darf mich bei jeder Mahlzeit satt essen, und sie haben mir ein kuschelig weiches Daunenbett gerichtet. Mach dir also keine Sorgen um mich.

Dennoch, ich fühle mich schrecklich alleine und vermisse dich ganz furchtbar! Stell dir vor, sie wollten mich augenscheinlich mit Andri verkuppeln! (Das ist Ingvars Sohn.) Wir hatten ein vertrauliches Gespräch, bei dem auch mein Alter zur Sprache kam. Seine Mutter ist mit einem amerikanischen Soldaten in die Vereinigten Staaten durchgebrannt. Neben ihm und Ingvar leben hier nur noch Großmutter Hrafnhildur und Großvater Thorbjörn. Ich helfe mit, wo ich kann, im Haushalt und bei den Tieren, und ich lerne schnell, das weißt du ja. Ich hoffe also, dass ich dir Ehre mache, und sie sollten mit mir zufrieden sein, wenn nicht das andere zwischen uns stünde. Die Familie dachte, ich sei mindestens siebzehn Jahre alt. Mutsch? Wie kommt das?

Stell dir vor, wir haben hier ein Telefon im Haus! Ingvar sagt, ihr hättet keins. Aber vielleicht ist es dir möglich, mich von einem Nachbarn aus anzurufen? Ich vermisse dich so schrecklich, meine liebe Mutsch!

Es grüßt und herzt dich
deine Tochter Erla

Freitag, 17. Juni 1949

Meine liebe Mutsch,

ich sehne mich nach ein paar Zeilen von dir. Sag, geht es dir gut? Hrafnhildur gönnt mir noch immer keine Pausen. Natürlich hat Andri ihr unser Geheimnis, wenn es denn eins war, brühwarm weitererzählt, und sie ist ganz offenkundig verstimmt. Da ich schon niemanden heiraten kann, weil ich so jung bin, soll ich wenigstens arbeiten, und das am besten da, wo ich in ihren Augen am wenigsten Schaden anrichten kann. Aber gut, heute ist erst der vierte volle Arbeitstag gewesen. Es wird schon werden. Aller Anfang ist schwer, sagst du ja selbst immer.

Sie zeigt mir, wie ich die Eiderdaunen mit der Hand verlesen soll. Kein Fitzelchen Gras, keine Eierschale, kein Dreck darf zwischen den zarten Federchen kleben. Aber natürlich darf ich auch keine der verschmutzten Daunen voreilig aussortieren. Dafür sind sie zu wertvoll.

Es ist eine mühsame Arbeit, und mir schmerzen alle Knochen. Zudem habe ich noch immer Muskelkater von den anstrengenden Ritten in die Berge hinauf, wenn wir Heu mähen, wenden oder getrocknetes zum Hof bringen. Im Winter würde es wenigstens irgendwann dunkel werden. Aber wir haben Sommer. Und Sommer in Island, das habe ich inzwischen schon begriffen, bedeutet arbeiten, bis man umfällt, denn Abend wird es ja nicht. Sag, wie ist es bei euch? Hast du auch so lange Arbeitstage?

Wenn die anderen eine Kaffeepause einlegen, gehe ich zu der kleinen Koppel, die für die Pferde abgegrenzt ist, die fürs Tagwerk benötigt werden. Die anderen laufen frei herum und suchen sich ihr Futter, genau wie früher die Hühner bei uns zu Hause in Deutschland.

Findest du die Pferde auch so reizend, Mutsch? Ich liebe es, ihnen die dichten Mähnen zu kraulen, Grashälmchen aus den üppigen Schweifen zu zupfen oder sie einfach nur zu streicheln. Stundenlang könnte ich das tun, einfach nur mit ihnen sein, den Möwen lauschen und den Wind spüren.

Ingvar hat den praktischen Nutzen in meiner aufkeimenden Pferdeliebe erkannt und mich mit dem Putzzeug vertraut gemacht. Also zählt es nun auch zu meinen Pflichten, die Tiere täglich nach Verletzungen abzusuchen und ihre Hufe nach kleinen Steinchen, die sich in den Eisen verhaken könnten. Das tue ich mit Hingabe, und vor allem Drifa, das Schimmelchen, das mein ist, genießt die Extra-Aufmerksamkeit ebenfalls, auch wenn ich sie nicht so intensiv bürsten soll, wie ich es zu Hause gesehen habe. Wenn ich es richtig verstanden habe, um den natürlichen Schutz ihres Fells nicht zu zerstören.

Am Abend bin ich oft die Letzte, die sich in ihrem Lager zusammenrollen darf. Ich schlafe traumlos, wie ein Stein.

Andri geht mir aus dem Weg. Und Hrafnhildur hat schlechte Laune, weil die Hühner seit ein paar Tagen urplötzlich keine Eier mehr legen. Das ist schade, denn die schmecken mir richtig gut, und ohne Eier kann ich auch keinen Kuchen backen.

Wie ist es bei dir, liebe Mutsch? Ich hoffe, dass ich bald jemandem meine Zeilen an dich mitgeben kann und dass du all das aufklärst und wir zusammen sein können. Bald schon, ja?

In Liebe und ganz sehnsuchtsvoll,
Dein Erlakind

Seufzend falte ich das Briefpapier, stecke es in einen Umschlag und lege es zwischen die zerfledderten Seiten des kleinen Handbüchleins über Island, das wir an Bord der »Esja« erhalten hatten. So lange her und unwirklich erscheint mir die Schiffsreise bereits. Wann werde ich meine Mutter wiedersehen? Wo ist sie, warum meldet sie sich nicht? Jedes Mal, wenn das Telefon läutet, lausche ich, ob man mich ruft. Aber nie ist es für mich.

Einmal war ich als Einzige im Raum und habe ohne nachzudenken einfach den Hörer abgehoben. Natürlich war es nicht Mutsch, und ich habe nichts von dem verstanden, was die Dame am anderen Ende der Leitung wollte. Hrafnhildur hat fürchterlich mit mir geschimpft. Sie will nicht, dass ich ans Telefon gehe. Kochen soll ich und backen, bei den Tieren helfen und Daunen säubern. Und wenn ich nichts zu tun habe, was selten genug mal für ein paar Minuten vorkommt, am besten unsichtbar sein.

Als ich nach tagelanger Arbeit, die mich nachts schon von Entenflaum träumen lässt, endlich fertig bin mit dem Verlesen, schleppt Hrafnhildur ein Bündel Schafwolle an. Hier geht dasselbe Spiel wie mit den Eiderdaunen los: zupfen, Dreckbatzen und Mist lösen, Heu und Disteln entfernen. Im Unterschied zu den Federn wird die Wolle allerdings danach gewaschen. Und dann gekämmt, mit eisernen Kardierbürsten. Immerhin kann ich für diese Tätigkeit draußen sitzen, zumindest wenn es windstill und trocken ist. Schafwolle im Vlies fliegt nicht so schnell davon wie Daunen.

Auf der Holzbank vorm Haus oder in dem kleinen Pferdeauslauf kann ich zumindest zwischendurch mal den Blick in die Ferne schweifen lassen. In den ersten Tagen nach meiner Ankunft kommen ständig Besucher vorbeigeritten, die mich unverhohlen neugierig mustern, bevor sie im Haus verschwinden auf einen Kaffee oder einen Brennivín. Das ist der starke Schnaps, den sie hier oben gern trinken.

Bei einer dieser Gelegenheiten habe ich mir einen der Männer geschnappt, bevor Ingvar etwas einwenden konnte. Ich bin einfach in die Unterhaltung geplatzt, habe meinen ersten Brief an Mutsch auf den Tisch gelegt und »Til Berta« gesagt. »Sie wohnt bei Hrafn.«

Der Fremde hat mich angestaunt wie ein achtes Weltwunder und dann Ingvar angeglotzt. Dem war das sichtlich unangenehm, aber was sollte er machen. »Hrafn Kristiansson«, ergänzte er und berichtigte mich deutlich leiser: »Til Bertu.« Dann hat er seinem Freund noch einmal zugenickt. »Frá Erlu.«

»Bitte«, habe ich dazu gesagt, demonstrativ nicht zu Ingvar gesehen und den Mann lieb angelächelt. Da hat er genickt und meinen Brief eingesteckt. Ingvar hat ihm Schnaps nachgeschenkt, und ich bin wieder nach draußen gegangen. Im Vorraum musste ich mich erst mal an den Türrahmen lehnen, tief durchatmen und warten, bis meine Knie sich wieder beruhigt haben. Normalerweise bin ich nicht so forsch. Aber das war verflixt noch mal wichtig.

Erlu, Bertu – isländische Grammatik ist irre kompliziert. Die beugen sogar die Namen? Wie soll ich das jemals lernen?

Jetzt, wo ich kapiert habe, dass es hier keine Briefträger gibt, sondern man Besucher um diesen Dienst bitten muss, ist seit Tagen niemand mehr hier gewesen. Es ist wie verhext. Ich frage mich, ob Andri wirklich dichtgehalten hat oder ob die wenigen Leute, die sich zu uns hereintrauen, mich deswegen so komisch mustern. Bislang hat keiner einen Antwortbrief für mich dabeigehabt, und alle verneinen, wenn ich frage, ob sie in die Nähe von Hrafn Kristiansson kommen und meine Post mitnehmen können, und sehen Ingvar seltsam dabei an.

Andris Bemerkung über das Verborgene Volk beschäftigt mich immer noch. Womit nur sollte ich die Unsichtbaren verärgern wollen? Sie sind nett zu mir, im Gegensatz zu meinen Arbeitgebern. Ich bekomme nämlich auch Besuch, heimlichen …

In meinem Köfferchen habe ich eine kleine Blechdose, die ich manchmal hervorhole, wenn alle anderen schlafen. Darin bewahre ich meine Schätze auf. Zwei Bleistifte, ein Stück schwarze Kohle und einen Radiergummi. Inzwischen befindet sich darin aber auch eine kleine Sammlung von Geschenken. Das Schokoladenpapierchen hat den Anfang gemacht. Den Riegel, der in meine Mütze eingewickelt war, hatte ich mir in kleine Häppchen eingeteilt. Nur wenn es ganz schlimm war, habe ich mir eins davon genommen und es langsam, mit geschlossenen Augen auf der Zunge zergehen lassen. Inzwischen ist die amerikanische Schokolade lange aufgegessen, aber das Papier hebe ich mir auf.

Ein anderes Mal lag die violette vierblättrige Blüte eines Arktischen Weidenröschens neben meiner Zahnbürste am Wasserlauf. Ich habe eine kleine Skizze von dem Mädchen gezeichnet. Auf meinem Bild hat sie das Blümchen in der einen Hand und die Schokolade in der anderen. Dazu habe ich mich skizziert, mit der blauen Mütze auf dem Kopf und meinem verschollenen Blümchentaschentuch winkend. Das Bild habe ich am Abend gefaltet unter die Zahnbürste gelegt. Am nächsten Morgen war das Blatt verschwunden. An seiner Stelle lag ein Bröckchen Lakritz, eingeschlagen in ein Eckchen Wachstuch dort, und hat mir ein heimliches Lächeln ins Gesicht gezaubert. Es ist ein Spiel zwischen uns, und ich habe Geduld. Das Elfenmädchen wird sich schon wieder zeigen, und dann können wir etwas Schönes zusammen machen. Zu schade, dass ich meiner Mutsch nicht direkt davon berichten kann.

Ich bin inzwischen dazu übergegangen, einen einzigen langen Brief zu schreiben, den ich immer wieder ergänze, so lange bis hoffentlich der nächste Bote kommt.

Das einzige Lob, das ich von Hrafnhildur erwarten kann, ist ein Extrakanten Brot zur Fischsuppe. Und wehe, etwas ist ihr nicht gut genug. Dann zieht sie sogar Andri die Ohren lang. Von ihr stammen diese Dinge sicher nicht. Von niemandem hier.

Dienstag, 21. Juni 1949

meine liebe mutsch,

du wirst staunen, wenn wir uns wiedersehen. meine Ohren sind bestimmt schon einen Zentimeter länger als vor meiner Ankunft. Ingvar sagt nichts dazu. Immerhin hat die Großmutter mir ein Knäuel Wolle geschenkt, damit ich mir warme Socken stricken kann. Vielleicht reicht es auch noch für Pulswärmer oder eine wärmere mütze als meine blaue. mal sehen.

Ich mag den Großvater. manchmal lächelt er. Aber ich weiß nicht, ob er mich wirklich sieht. Trotzdem habe ich das Gefühl, als ob ständig Augen auf mir ruhten. Sie lassen mich nie wirklich allein.

meine Hände riechen nach Schaf.

Alles an mir riecht nach Schaf.

Und Pferd.

Ich verstehe nicht, wieso Mutsch mir nicht antwortet. Der Kerl wird den Brief doch abgegeben haben, oder nicht? Er sah verlässlich aus. Er hatte sich beim Abschied sogar noch mal auf die Westentasche geklopft und den Daumen hochgehalten. Es wird schon alles gut sein. Ich starre die Wand mit dem Telefon an, das mir so gar nichts nützt, weil man nun einmal zwei davon braucht. Wenn meine Mutter nur halb so viel arbeiten muss wie ich, dann hat sie eben auch unglaublich viel zu tun. Sie wird mir schreiben, sobald sie kann, und bis dahin kann ich meine Zeilen an sie ergänzen. Seufzend setze ich meinen Bleistiftstummel wieder aufs Papier und fahre fort, wo ich aufgehört hatte.

Immer, wenn ich ein paar Minuten freihabe, zwischen Kochen, Abwaschen, Ausmisten, den Abort leeren und schrubben und wieder Wollezupfen, dann gehe ich zu den Pferden.

Ich sage nicht mehr Ponys. Inzwischen habe ich begriffen, dass es nur diese eine Pferderasse hier oben gibt. Isländer, das bezeichnet nicht nur die Menschen, sondern auch ihre Pferde. Für mich sind sie Freunde.

Ich halte kurz inne, schließe die Augen und stelle mir vor, wie meine Hände unter Drifas dichte weiße Stirnlocke tauchen. Sie reibt so gern ihren Kopf gegen den Druck meiner Fingerspitzen und stöhnt leise vor Genuss. Ich atme durch und tanke auf, wenn ich den Pferden beim Grasen zusehen und einfach nur ein paar Minuten neben ihnen sitzen kann. Bei ihnen kann ich mich ausweinen, wenn mir alles zu viel wird und mir die Blasen an den Fingerkuppen aufplatzen, wo sich noch keine Schwielen gebildet haben. Aber davon will ich nicht schreiben, ich weiß, dass es meine Mutter zu sehr beunruhigen würde.

Ich habe auch wieder angefangen zu zeichnen, liebste Mutsch. Ich schicke dir ein paar Skizzen mit, damit du einen Eindruck erhältst, wie es bei uns aussieht, und dich leicht zurechtfindest, wenn wir uns endlich wiedersehen und du mich besuchen kommst. Das tust du doch, nicht wahr? Ganz bald schon, ja?

Es vermisst dich unsäglich

Dein Erlaschatz

Eine Träne zerplatzt auf meinen letzten Worten. Unwirsch wische ich den feuchten Klecks weg. Die Schrift verschmiert etwas, und ich lege das Schreibzeug beiseite und sehe durch die kleinen Glasscheiben zum Fenster hinaus. Draußen stürmt und regnet es. Das Gefieder der Hühner bauscht sich im Wind, die Pferde stehen Po an Po mit gesenkten Köpfen im Windschatten des Stalles und spenden sich gegenseitig Schutz. Drifa, mein Schimmelchen, ist eines von ihnen. Ich versuche, den Eindruck mit meinem Stift festzuhalten. Mein Bleistift und mein kleiner Block sind meine einzigen Schätze, die ich aus Deutschland in dieses Land hinübergerettet habe.

Drifa ist mein absoluter Liebling, aber auch die anderen Pferde habe ich in mein Herz geschlossen. Immer öfter stehle ich mich zu ihnen davon, manchmal unter dem Vorwand, dass ich eine kleine Schürfwunde gefunden habe am Behang oder dass mir ein Fesselgelenk etwas dicker vorkommt und wahlweise kühle oder heiße Umschläge braucht. Mutsch hat mich schon als Kind einiges darüber gelehrt. Seufzend schreibe ich weiter.

Hrafnhildur scheint sich ein wenig mit Heilpflanzen auszukennen. Sie hat mir etwas beigebracht über Wickel und die heimischen

Kräuter, aber ich möchte noch viel mehr wissen. Immer wenn ich ein neues, mir unbekanntes Pflänzchen finde, zeichne ich es oder zupfe es ab und bringe es ihr, damit sie mir die Verwendung erklärt. Das ist unsere Basis, auf der wir uns austauschen können.

Darüber hinaus begegnen mir die Einheimischen immer noch mit Argwohn. Ich habe selten das Gefühl, wirklich allein zu sein. Aber das mag ich Mutsch erst recht nicht schreiben.

Sie beobachten mich. Nicht nur die Familie. Da sind noch andere. Das Verborgene Volk. Ich bin mir ziemlich sicher, dass es nicht nur das kleine Mädchen ist, das ich schon länger nicht mehr gesehen habe. Ich würde es wirklich gern einmal besuchen, aber seit dem ersten Tag, an dem ich versucht habe, mir meine Mütze zurückzuholen, lassen sie mich alleine nicht mal ansatzweise in diese Richtung gehen. »Dienstmädchen für Landhaushalte«, murmele ich leise. Leibeigene trifft es eher.

»Erla, komm.« Andri steckt den Kopf zu mir herein. »Es gibt Arbeit. Wir reiten ans Meer, Treibholz holen.«

So viel dazu.

Mittwoch, 29. Juni 1949

Liebste Mutsch,

von Andri habe ich ein paar ausgediente Arbeitshosen bekommen. Die sind viel praktischer als mein Rock und wärmer obendrein. Zuletzt habe ich alle meine Sachen übereinander angezogen und sogar mein Sonntagskleid darüber getragen, aber außer Flecken und einem Riss hat es mir nichts gebracht. Ich fürchte mich jetzt schon vor der Kälte des Winters.

Ab und zu kommt der Großvater dazu, wenn ich hier draußen mit den Pferden in den Hügeln sitze. Lustig, dass sie ihn mir als Aufpasser schicken. Er kann nicht alleine bleiben, weil er manchmal in seine eigene Welt abdriftet und dann Dinge vergisst. Aber er war früher ein begabter Möbeltischler. Auch mein Bett hat er gezimmert.

Wenn wir bei den Pferden sind, ist er allerdings ganz klar und hellwach. Er gibt mir ein bisschen Nachhilfe im Reiten. Einfache Tricks und Tipps, die mir aber viel bringen – wo ich mich am besten festhalte und wie ich locker bleibe, wie ich mich ohne Sattel auf Drifas Rücken schwinge, wie ich schnalze und wann und was ich mit meinem Körpergewicht mache, damit sie die Gangart wechselt, fast ohne Zügeleinsatz. Es läuft immer besser. Ich übe jeden Tag. Wenn ich mich freue und lache, kichert Thorbjörn ein bisschen mit, und dann geht er wieder, und unsere Rollen wechseln. Dann muss ich ihn bei der Hand nehmen und ins Haus bringen, damit er sich nicht verläuft. Seine klaren Momente sind nicht von Dauer.

Andri vermeidet es, mich anzuschauen. Alle tun das irgendwie, dabei gebe ich mir größte Mühe, du brauchst dir keine Gedanken zu machen!

Nur das Nötigste sprechen Ingvar und Hrafnhildur mit mir. Aber es genügt, dass ich ein paar Worte aufschnappe. Ich werde ihre Sprache lernen. Das habe ich mir in den Kopf gesetzt.

Jedoch, ganz ehrlich, liebe Mutsch, dir kann ich es ja sagen: Ich weiß nicht, ob ich tatsächlich dazugehören will.

Grüße und Küsse
Deine Erla

Ich kaue auf meiner Unterlippe herum. Vielleicht hätte ich das nicht schreiben sollen. Mutsch macht sich sofort Sorgen. Andererseits wird es vielleicht noch Tage dauern, bis jemand vorbeikommt und den Brief mitnehmen kann. Ich kann also noch überlegen, ob ich ihn abschicke oder noch mal neu schreibe.

Seufzend atme ich aus und stecke das Papier in meine Rocktasche. Drifa beantwortet den Laut mit einem zufriedenen Schnauben, während sie gemütlich weitergrast. Ich sitze verkehrt herum, ohne Sattel und Zaumzeug, auf ihrem Rücken. Auf ihrer Kruppe lässt es sich wunderbar schreiben, und ihr Fell wärmt mir dabei den Po. Aber jetzt drehe ich mich um. Zuerst hebe ich das linke Bein mehr oder weniger elegant über ihren Hintern und dann das rechte über ihren Hals. Inzwischen klappt das wunderbar, ohne dass ich versehentlich herunterrutsche, und die Stute steht ganz still, während ich auf ihr herumturne. »Danke, dass du meine Freundin bist«, raune ich ihr zu und umarme sie. Als ich mich aufrichte und den Blick hebe, bückt sich Hrafnhildur unten am Haus schnell wieder ins Gemüsebeet und tut, als ob sie die Kohlblätter zählen müsste.

Sie vermeiden es nach wie vor, mich alleine zu lassen. Immer bleibt jemand in meiner Nähe. Lieber lassen sie sogar einen hier bei mir, als mich am Sonntag in die Kirche mitzunehmen. Als ob sie sich meiner schämen, so kommt es mir vor, oder wirklich, wirklich Angst davor haben, dass ich ein kleines Elfenmädchen entführen oder *Elfen go home!* an einen Felsen kritzeln könnte.

Immerhin vertrauen mir meine Dienstherren inzwischen so weit, dass ich mit Drifa den Hof verlassen darf. Nur bis zu der Stelle, von der aus ich ihn immer noch aus jeder Richtung sehen kann, haben sie mir eingeschärft, und behauptet, dass das wegen der Gefahren sei, die in diesem wilden Land drohen. Aber ich bin kein kleines Kind. Ich bin vierzehn. Ich habe einen Weltkrieg überlebt! Unwillkürlich spanne ich meine Muskeln an.

Drifa schüttelt die Mähne, als ob sie einen lästigen Floh im Ohr loswerden wollte, und legt kurz die Ohren an.

»Du hast ja recht«, murmele ich versöhnlich und tätschele ihr den Hals. Es ist ein Anfang, auch wenn ich mich immer noch ein wenig wie eine Gefangene fühle und nicht wie eine angestellte Landhelferin.

Und noch immer kein Lebenszeichen von Mutsch. Ich verstehe das nicht. Inzwischen sind fast drei Wochen vergangen. Es wird ihr doch nichts passiert sein?

Sonntag, 3. Juli 1949

Heute ist Sonntag. Alle machen sich für den Kirchgang fertig, aber ich darf nicht mit. Wieder nicht. Der Großvater kann nicht allein zu Hause bleiben, hat Ingvar diesmal behauptet. Wegen seiner Gicht kann er nicht reiten, und in der kleinen Kutsche will er nicht fahren.

Hrafnhildur klappert dezent mit dem Geschirr. Missmutig lasse ich den Briefbogen sinken und stecke ihn zusammen mit dem Stift in meine Rocktasche. Es ist Zeit, den Frühstückstisch zu decken.

Am Sonntag vor zwei Wochen haben sie mich heimtückisch schlafen lassen, bis sie fort waren. Nur den Großvater haben sie in meiner Obhut zurückgelassen – oder mich in seiner, damit ich nicht stiften gehe.

Vergangene Woche hieß es, ich wäre zu langsam mit den Daunen gewesen, und die müssten bis Montag fertig werden, damit sie der Nachbar nach Reykjavík mitnehmen könnte – der kam dann allerdings erst am Mittwoch –, weil im nächsten Dorf ein großes Mittsommerfest stattfand, wovon sie mir natürlich auch nichts erzählt hatten. Ich hätte ja auf die dumme Idee kommen können, da hinzuwollen und mich zu amüsieren. Wenn ich daran denke, bin ich immer noch sauer. Immerhin hat der Mann all meine bisherigen Briefe an Mutsch mitgenommen. Nur konnte mir Thorvald nicht versprechen, ob er es vor heute schafft, sie ihr zu geben.

Hrafnhildur hat mich angesehen, als ob sie mich erwürgen wollte, und ihn gleich mit. Aber das hat der Nachbar nicht mehr mitbekommen. Und mir ist es inzwischen egal.

Ich bin nicht besonders religiös, aber selbst ein Gottesdienst wäre eine schöne Abwechslung. Andere Gesichter, vielleicht sogar deutsche! Ich träume von Kaffee und Kuchen in der Pfarrstube, ein bisschen Klatsch und Tratsch und Musik – von mir aus auch isländische Kirchenlieder!

»Kannst *du* nicht bei ihm bleiben?«, frage ich Andri nach dem Frühstück. »Ich muss einfach mal wieder unter Menschen. Bitte!«

Er sieht mich verständnislos an. Alle Gespräche verstummen, und mir wird bewusst, dass ich ihn auf Englisch angesprochen habe – in Gegenwart seiner Familie. Ich hoffe, dass er nicht sauer ist deswegen. Dann sagt Hrafnhildur etwas, das ich nicht verstehe. Es folgt ein scharfer Wortwechsel zwischen ihr und Ingvar.

Mein Blick fliegt zurück zu Andri. Er presst die Lippen aufeinander, dann übersetzt er mit verkniffener Miene. Aus seinen Augen blitzt Genugtuung. »Du hast nichts anzuziehen. Das wirft ein schlechtes Licht auf meine Familie.«

Meine Unterlippe zittert. Das kann doch wohl nicht wahr sein. Da haben sie mich in meinem guten Kleid arbeiten lassen, bis es nur noch als Putzlumpen taugt, und jetzt lassen sie mich deswegen nicht unter Leute? Ich entschuldige mich mit gepresster Stimme, springe auf, bevor ich völlig die Beherrschung verliere, und renne nach draußen. Mein Schemel fällt um, aber das ist mir egal. Ich laufe in die Schmiede und reiße Drifas Trense vom Haken, dann renne ich in die Hügel hinterm Haus, wo sie in einem abgesteckten Bereich zusammen mit den anderen Pferden grast.

Als sie mich kommen hört, hebt sie den Kopf und brummelt leise.

Heute habe ich keine getrockneten Beeren dabei, die ich manchmal heimlich vom Küchentisch mitgehen lasse. Ich habe mir angewöhnt, meinen Skyr pur zu essen. Ob ich die Preiselbeeren oder Heidelbeeren nun hineinrühre oder mir einstecke, um sie den Pferden mitzubringen, wen kümmert das schon?

»Bitte trag mich von hier fort«, flehe ich die kleine Stute an, während ich das Kopfstück festschnalle. »Ganz weit weg, machst du das? Ich muss hier weg, sonst platze ich!«

Ich führe sie an einen kleinen Felsbrocken, den ich als Aufsteigehilfe nutze, greife in ihre dichte weiße Mähne und ziehe mich auf ihren Rücken.

Sie schnaubt, als wir losreiten. Ich will nur fort von diesem Hof, seiner Enge und seinen engstirnigen, kaltherzigen Bewohnern. Ich spüre Drifas warmen Rücken und ihre Muskeln an meinen Beinen. Es kostet mich Überwindung, aber natürlich gebe ich ihr die Zeit, um sich aufzuwärmen. Bis in die Hügel reiten wir im Schritt, dann traben wir an. Das ist immer noch nicht meine Lieblingsgangart, und ich wackele auf ihr herum wie ein Hüpfball, aber sie anzutölten gelingt mir erst recht nicht. Ich bin einfach zu aufgeregt, als dass ich ihr klar vermitteln könnte, was ich von ihr möchte.

Mein Zopfband löst sich, als wir endlich in schnellem Galopp davonpreschen Ich habe die Mütze vergessen, der Ausflug war ja auch nicht geplant. Meine Ohren werden kalt, der Wind reißt an meinen Haaren. Aber so fühlt sich Leben an! Endlich kann ich wieder atmen.

Ich reite meerwärts. Es ist nicht weit zum Strand. Lange habe ich mich gefragt, wieso wir nicht einfach hier angelegt haben, damals, als ich angekommen bin, vor einer gefühlten Ewigkeit. Inzwischen weiß ich es. Hier an der Südküste sind die Strömungen tückisch. Diese Bucht ist gespickt mit scharfkantigen Felsen, bei Ebbe ist der Schlick sehr rutschig, und angeblich gibt es hier sogar Treibsand. Ingvar hat das gesagt und mich davor gewarnt, allein herzukommen. Aber sie warnen mich ja immer und vor allem.

Ich glaube, das ist auch nur eine dieser Geschichten, um mich davon abzuhalten, meine Mutter zu besuchen. Denn irgendwo hinter diesem Strand, nur noch ein paar Buchten weiter, da soll der Hof liegen, auf dem Hrafn wohnt. Ingvar sagt, man komme nur mit dem Boot dorthin oder man müsse weit außen herumreiten, wegen des Myrdalsjökull, des Gletschers, unter dem der Vulkan Katla liegt. Um diese Jahreszeit speise er die Flüsse mit so viel Wasser, dass die Furten unpassierbar seien, sagen sie. In ein paar Wochen würde das schon wieder anders aussehen. Aber derzeit sei kein einfaches Durchkommen nach Þórsmörk.

Immer ist irgendwas! Das macht mich noch irre! Ich dachte, in diesem Land würde endlich alles besser werden.

Wir reiten bis zum Saum, wo das Wasser zusammen mit Algen, Muscheln und Treibholz an Land gespült wird. Über uns sind nur der Himmel und das Kreischen der Seevögel. Drifas Hufe platschen durch das Nass, es spritzt bis hinauf in mein Gesicht. Die salzige Luft tut mir gut. Sie macht mir den Kopf frei. Ich lasse der Stute die Zügel lang. Sie liebt es genau wie ich, wenn sie sich einfach mal auslaufen kann, das Tempo und die Dauer ihres Galopps frei wählen darf. Freiheit, das ist ein großes Wort. Ich bekomme salzige Sandkrümel in den Mund, die nach Algen riechen, und spucke sie angeekelt aus.

Nach einer ganzen Weile, als wir beide schnaufen und prusten, fällt mein Schimmelchen in Schritt. Wir müssen sowieso allmählich umkehren. Aber denselben Weg zurück zu nehmen ist langweilig.

Ich richte mich auf, lege eine Hand über die Augen und suche die ansteigenden Klippen und grünen Streifen dazwischen nach einem geeigneten Aufstieg auf das Plateau ab. Erschöpft lasse ich die Beine baumeln, und Drifa den Kopf hängen. Da erspähe ich einen schmalen Pfad, der ein wenig abseits durch die grasgrünen Hügel zum Strand herabführt und sich im Nichts verliert.

»Den können wir doch ausprobieren, er sieht nicht allzu steil aus!«, schlage ich ihr vor. Drifa spitzt die Ohren und folgt bereitwillig meinen Signalen. Ingvar sagt, ich habe ein erstaunliches Händchen für Pferde, ich dürfe nur nicht nervös sein oder wütend.

Ich lenke sie ein Stück oberhalb der Wasserkante, sodass wir nicht mehr nass werden, wenn sich Wellen an den Felsnasen brechen, die in Strandnähe aus dem Wasser ragen, aber noch nicht so weit oben, dass der Sand tief und schwer zu gehen ist. Weiter vorn können wir dann im rechten Winkel den direkten Weg durch den tiefen, trockenen Sandboden nehmen. Doch als ich dorthin abbiegen will, findet Drifa die Idee blöd, und sie zeigt es mir sehr deutlich, indem sie wie eine Krabbe seitwärts geht, egal was ich mache.

»Ach, komm schon, meine Hübsche. Ich besorge dir auch eine leckere Rübe, wenn wir zurück auf dem Hof sind, versprochen. Ich weiß, es ist anstrengend, aber wenn wir nicht dort sind, bevor sie zur Kirche fahren, bekommen wir beide Scherereien.«

Drifa rammt die Hufe in den Sand und bleibt so unbeweglich stehen wie einer dieser Felsbrocken am Strand.

Ich stöhne. »Na gut, du hast recht. Ich kriege den Ärger, du kannst ja nichts dafür. Aber wenn sie auf mich sauer sind, bekommst du keine Rüben, dann schaut Hrafnhildur mir nämlich wieder auf die Finger. Das sind die Zusammenhänge. Verstehst du?« Ich klopfe etwas stärker mit den Schenkeln gegen ihren Bauch. Ich weiß nicht, was ich sonst tun soll. Absteigen und führen? Aber ich habe Angst, dass sie mir dann womöglich die Zügel aus der Hand reißt und wegläuft.

Drifa kaut aufgeregt auf ihrem Gebiss herum und versucht, der Richtung, in die ich sie lenken möchte, jetzt wieder seitlich auszuweichen. Wir fangen eine Art Ringelreihen an und drehen uns immer schneller um die eigene Achse.

Auf einmal prescht ein Pferd den Abhang herunter und galoppiert in großem Bogen auf uns zu. Im ersten Moment fürchte ich, es könnte Andri sein, oder schlimmer noch: Ingvar. Dass sie mich zurückholen wollen und ich jetzt richtig Ärger bekomme. Aber es ist der Junge aus Reykjavík.

Drifa reißt den Kopf hoch und zieht mir ganz locker die Zügel aus der Hand. Das zweite Pferd wiehert schrill, und sie antwortet so stimmgewaltig, dass ihr ganzer Körper bebt und ich gleich mit.

Er gestikuliert wild und gibt mir zu verstehen, dass ich anhalten soll, und kaum hat er mich erreicht, fängt er an, hektisch auf mich einzureden.

»Immer langsam mit den jungen Pferden«, sage ich. »Ist irgendwas passiert?«

Er zeigt auf ein verwittertes Schild, keine zehn Meter von uns entfernt.

»Varúð! Sandbleyta!«, entziffere ich mühsam und zucke mit den Schultern. »Und? Was soll das heißen?«

Er rollt mit den Augen und wiederholt, was auf dem Schild steht. *Varaðu þig! Sandbleyta!*

»Was soll das bedeuten?«, frage ich genervt. »Ich kann eure Sprache noch nicht richtig.« Doch dann erinnere ich mich an die Warnung von Ingvar. »Sandbleyta – hieß das nicht Treibsand? Steht da: Achtung! Treibsand?«

Der Junge nickt.

Mir wird ganz flau im Magen. »Ich habe gedacht, das ist ein Kinderschreck«, murmele ich.

Er sieht mich verständnislos an.

»Na, so wie: Schiel nicht, sonst bleiben dir die Augen so stehen«, versuche ich ihm zu erklären. Aber das nützt natürlich nichts, weil er kein Deutsch kann.

Das brauche ich auch nicht zu können, höre ich plötzlich seine Stimme direkt in meinem Kopf. Er hat schon wieder nicht die Lippen bewegt. Ein leises Kribbeln breitet sich von meinen Fingern und Zehen her aus und durchströmt meinen ganzen Körper.

Gedanken sind vor dem Wort, nehme ich als Nächstes wahr. Als ob das alles erklären würde.

Und doch macht es Sinn.

Flóki ertappte sich dabei, dass sein erster Gedanke morgens der war, womit er Erla als Nächstes eine kleine Freude machen konnte. Zuerst hatte er einfach nur den Schaden wiedergutmachen wollen, den seine kleine Schwester angerichtet hatte. Dann tat ihm das fremde deutsche Mädchen leid. Er beobachtete sie ab und zu, er wusste selbst nicht warum. Er sah, wie hart sie arbeitete, wie wenig Spaß sie hatte und wie sie heimlich weinte, wenn sie sich alleine wähnte. Wie sie sich umsah und wunderte, den Überbringer suchte, wenn sie eine Kleinigkeit von ihm fand.

Da entwickelte es sich zu einem reizvollen Spiel. Und als sie anfing, sich mit Zeichnungen für die kleinen Geschenke zu revanchieren, die sie ganz offensichtlich Ulvi zuschrieb, da wurde es mehr. Inzwischen war es ein fast tägliches Ritual zwischen ihnen – wie eine Brieffreundschaft, nur ohne Briefe.

Sie zeichnete das Geschenk vom Vortag mal in Ulvis Hände, mal in die von Jarle oder entwarf eine Szene mit beiden Kindern. Einmal hatte sie auch flüchtige Skizzen von kleinen Blumenelfen ergänzt, die um Ulvi herumflirrten.

Flóki war sich unsicher, ob diese ihrer Fantasie entsprangen oder ob sie womöglich auch das kleine Volk wahrnahm. Ob sie eine Weltenwanderin war? Das konnte nicht sein. Sie war eine Fremde.

Er hatte keine Ahnung, was zwischen den Ebenen möglich war und ob es richtig war, sich mit ihr abzugeben. Aber er scherte sich nicht darum. Regeln waren dafür da, geschickt umgangen zu werden. Sie war sein Geheimnis. Und sein Herz klopfte schneller, wenn er daran dachte, sie zu treffen.

Heute war Sonntag, und er hatte ein besonderes Geschenk dabei. Er hatte es in der Nähe des Gletschers gefunden, im vergangenen Herbst, und ganz vergessen gehabt. Bis Ulvi damit ankam und ihn fragte, ob sie ein paar Seiten haben dürfe, um Schiffchen daraus zu falten. Weil er nicht wusste, wovon sie sprach, und nicht sofort reagiert hatte, war sie mit einer herausgerissenen Seite angekommen. Die fehlte jetzt. Da war nichts mehr zu machen. Aber das würde hoffentlich nicht so schlimm sein. Es waren ja noch genug Wörter geblieben.

Doch als er den Hof erreichte, war Ingvars Familie in heller Aufregung. Erla war weg, die Schimmelstute fehlte auch. Und alle waren im Sonntagsstaat, zwei Pferde bereits angespannt, und sie wollten in die Kirche fahren. Nur der Großvater saß fröhlich in seinem Schaukelstuhl, den sie ihm in den Windschatten vors Haus gestellt hatten, eine

Decke auf den Knien, und winkte ihm zu. Der Alte konnte die Húldu auch sehen, aber er redete nicht darüber. Er sprach ohnehin kaum noch.

Wo ist sie hin?, fragte Flóki, und Thorbjörn zeigte auf den Weg zum Strand hinunter. Der alte Mann lächelte.

Aber Flóki hatte kein gutes Gefühl. Also ritt er los.

5. Bienen im Bauch

Der seltsame Junge heißt Flóki. Natürlich erinnere ich mich an ihn. Mein erster Tag in Reykjavík. Ich habe ihn auch schon einmal gezeichnet. Neulich Abend, weil ich gern Menschen male und mir die Motive ausgingen. Aber es ist nicht besonders gut geworden, ich hatte ihn ja auch nur einmal kurz gesehen. Ich weiß, dass er in die andere Dimension gehört. Aber das macht mir keine Angst, egal was Andri sagt.

Er ist nicht der Erste, den ich sehe. Es gibt viele hier. Nicht nur das kleine Mädchen und seine Familie. Das weiß ich inzwischen sicher. Und Mutsch ist nicht da, um mich dafür zu rügen, dass ich mich diesen Fantasien hingebe, wie sie es nennt. Sie sagt immer, ich solle mir richtige Freunde suchen, keine unsichtbaren. Ob Flóki überhaupt mein Freund ist, weiß ich nicht. Aber er hat mir gerade das Leben gerettet. Vielleicht. Das Kribbeln konzentriert sich jetzt auf meinen Bauch. Als ob ein Schwarm Bienen darin eingezogen wäre und noch nicht wüsste, wo er landen soll.

Im Schritt reiten wir nebeneinander her. Am Meeressaum entlang, den gleichen Weg zurück, den ich gekommen bin, weg von den Schildern, die vor dem Betreten der Gefahrenzone warnen.

Verstohlen mustere ich ihn.

Was?, fragt er und sieht mich an.

»Danke«, sage ich leise. »Takk fyrir.«

Er lacht, hebt die Schultern und macht eine wegwerfende Bewegung mit dem Kopf, als ob das nichts gewesen wäre.

Da sehe ich, dass er nicht nur hinreißende Grübchen, sondern außerdem eine Zahnlücke zwischen den unteren Schneidezähnen hat. Es sieht niedlich aus. »Wer zuerst bei dem großen Felsen da vorn ist?«, frage ich und mein Herz klopft.

Schon galoppieren wir um die Wette. Der Sand spritzt knirschend unter den Hufen unserer Pferde davon, und ich muss mich in Drifas Mähne krallen, damit ich nicht wegfliege, so schnell sind wir, und weil ich mich kaum auf ihrem Rücken halten kann, so leicht fühle ich mich.

So leicht wie schon seit einer Ewigkeit nicht mehr. Mein Zorn ist verraucht. Mein ganzer Körper besteht aus Lachen und Freude und Schweben. Sogar die Sonne springt zwischen den Wolken hervor und streut Glitzer auf das Meer und seine tanzenden Wellen. Ein paar Möwen, die sich um einen angespülten Fisch streiten, fliegen schimpfend auf, als wir auf sie zudonnern.

Es ist ein Kopf-an-Kopf-Rennen. Aber aus dem Augenwinkel sehe ich, dass Flóki sein Pferd zurückhält. Er lässt mich gewinnen. Das Bienenvolk in meinem Magen tanzt.

Atemlos lassen wir die Tiere sich auslaufen. Im Trab habe ich es immer noch schwer, mich auf Drifas Rücken zu halten.

Du musst dich weiter nach hinten lehnen, rät Flóki. *Guck, so.* Übertrieben, als ob er in einem Sessel fläzen würde, macht er es vor und reitet eine Runde um mich herum.

Ich ahme ihn nach, und wieder lachen wir. Aber es klappt tatsächlich besser. »Ich muss jetzt nach Hause«, sage ich, und wir schauen uns an, ohne etwas zu sagen.

Ich begleite dich. Flóki stellt es einfach fest, und ich nicke, schüchtern, verschwitzt und immer noch außer Atem.

Haben sie dir schon einmal unsere heißen Quellen gezeigt?

Ich schüttele den Kopf.

Dann haben wir ein Ziel für unser nächstes Treffen. Bald schon, einverstanden?

Ich nicke strahlend. »Spätestens am nächsten Sonntag.«

Den Rest des Weges reiten wir schweigend nebeneinander her. Als in der Senke der Hof auftaucht, den ich einfach nicht Zuhause nennen kann, zögere ich kurz und halte Drifa an. Wir sehen gerade noch die Kutsche abfahren. Andri reitet hinter dem Wagen her. Er sucht die Hügel nach einem Lebenszeichen von mir ab, und ich bin mir ziemlich sicher, dass er mich gesehen hat. Nur mich natürlich. Flóki bleibt seinen Augen verborgen. Darum beneide ich meinen neuen Freund. Ich wäre manchmal auch gern unsichtbar. Wobei – in gewisser Weise bin ich es ja schon.

»Die Schokolade und die kleinen Geschenke … das war gar nicht das kleine Mädchen, oder? Aber woher – ?«

Er grinst wieder so breit, dass seine Zahnlücke zwischen den Lippen sichtbar wird. *Finde es heraus! Wir sehen uns nächsten Sonntag!*

Damit wendet er seine braune Stute und töltet winkend über die Hügel davon. Er sitzt so ruhig, als würde er auf einem Fahrrad fahren und nicht auf einem Pferd reiten. Ich wünschte, er würde es mir beibringen. Und als ich das denke, werde ich rot.

Thorbjörn sitzt mit einer Decke auf den Knien vor dem Haus. Sie haben ihm den Schaukelstuhl nach draußen getragen. Dabei kann es jeden Augenblick wieder anfangen zu regnen oder zu stürmen. Die Familie hat sich eiskalt darauf verlassen, dass ich rechtzeitig zurück bin. Bin ich ja auch. Ich schlucke meinen Widerwillen hinunter. Der Vormittag war so schön, also zwinge ich mich zu einem Lächeln. Fast sieht es so aus, als würde Thorbjörn Flóki hinterherwinken, aber die Geste wird wohl eher an mich gerichtet sein, was allerdings ebenso ungewöhnlich ist.

»Halló!«, begrüße ich ihn abwartend, als ich ganz nah herangekommen bin und klinge dabei schon richtig isländisch.

»Velkomin!«, antwortet er lächelnd.

Es klingt wie Willkommen und ist offenbar auch so gemeint. Kein Anschiss? Der Großvater lächelt immer noch versonnen vor sich hin, den Blick in die Ferne gerichtet, und summt. Dann fängt er wieder an zu winken.

Ich drehe mich um und sehe Flóki, der ganz offensichtlich noch einmal kehrtgemacht hat und etwas atemlos direkt auf uns zugeritten kommt. Er richtet ein paar grüßende Worte an Thorbjörn, der freundlich nickt.

Dann greift Flóki in seine Westentasche und holt ein kleines, etwas zerfleddert aussehendes Büchlein hervor. *Das habe ich ganz vergessen, dir zu geben! Deswegen war ich doch überhaupt eigentlich nur hier.*

Er lacht. Da ist sie wieder, die fremde Stimme in meinem Kopf, die mir kribbelnd die Wirbelsäule hinunterfließt und in die Fingerspitzen strömt. Ich bin viel zu erstaunt, um irgendwas anderes zu erwidern außer »takk fyrir! Danke.«

Und schon hat er seine Braune gewendet und reitet erneut den Hügel hinauf.

Thorbjörn gniggert amüsiert in seinen Bart und gibt dem knarzenden Schaukelstuhl mit seinen dünnen Beinen neuen Schwung.

»Du kannst ihn sehen?«, frage ich ihn auf Deutsch. Ich fasse es nicht. »Wohnt er da hinten zwischen den Hügeln? In den Felsen? Sind das etwa unsere … nächsten Nachbarn?«

»Já, já!«, antwortet er und kriegt sich gar nicht wieder ein, weil ich so durcheinander bin.

Ich betrachte das Büchlein genauer. *English – Íslensku* steht darauf, ein Wörterbuch. »Danke«, hauche ich noch einmal und presse es an meine hämmernde Brust. Was für ein wunderbares Geschenk. Das bringt mir sicher mehr als das zerfledderte Handbüchlein mit seinen wenigen Floskeln.

Mit tausend Fragen im Kopf und einem flatternden Gefühl im Magen sehe ich Flóki hinterher. Vielleicht wird ja doch noch alles gut. Ich bin nicht länger ganz allein. Er ist genauso unsichtbar wie ich. Aber nicht für mich.

Das Klappern von beschlagenen Hufen und das Quietschen der Reifen auf dem steinigen Weg vor dem Haus kündigen die Rückkehr der Familie an. Einen Moment lang bin ich kurz davor, mich zu verstecken. Aber dann drücke ich meine Wirbelsäule durch und recke das Kinn. Wenn sich hier irgendjemand danebenbenommen hat und entschuldigen müsste, dann ganz sicher nicht ich. Also schäle ich weiter Kartoffeln für unser Nachtessen.

Als die Tür in den Angeln knarrt, zucke ich natürlich doch kurz zusammen und rutsche prompt mit dem Küchenmesser ab. Der Schnitt ist nicht tief, und ich arbeite mit zusammengepressten Lippen weiter.

Ingvar kommt als Erster zur Tür herein und brummt einen kurzen Gruß. Aber ich drehe mich trotzdem nicht um. Thorbjörn schnarcht. Nach unserer Brotzeit am Mittag haben wir seinen Schaukelstuhl gemeinsam vor den Herd geschoben, damit er es warm hat für sein Schläfchen. Er fühlte sich zu müde, um die steile Treppe nach oben zu gehen, und war ruck, zuck eingenickt.

Ich höre Hrafnhildurs Schritte hinter mir und wie sie kurz innehält und stehen bleibt. Sie seufzt. Die beiden murmeln miteinander, und sie geht die Treppe hinauf. Über mir knarzen die Dielen. Das Schubfach der schweren Kommode wird aufgezogen, die Schranktür quietscht. Das Haus ist unglaublich hellhörig. Vermutlich zieht sie sich um.

Nach einer Weile kommt sie wieder herunter. Ich bin fertig mit Kartoffeln schälen und will hinausgehen, um ein paar Kräuter für den Eintopf zu pflücken, den es am Abend geben soll, und um meinen Finger zu verbinden. Ich kenne eine Stelle, wo Wegerich wächst, der hilft wunderbar als Umschlag bei kleineren Wunden. Wenn wir morgen oder übermorgen mit dem Verspinnen der Wolle beginnen, wird das sonst kein Vergnügen.

Ingvar bremst mich aus, als ich die Türklinke schon in der Hand habe. Ich soll mich setzen. Hrafnhildur räuspert sich und greift in ihre Rocktasche. Ihre Hand zittert ein wenig, als sie einen Packen Briefe vor sich auf den Tisch legt und zu mir herüberschiebt. Sie sind an mich adressiert, und ich erkenne die Handschrift sofort.

»Die sind von meiner Mutter!«, flüstere ich heiser, weil meine Stimme mir nicht mehr gehorcht. »So viele? Wo kommen die auf einmal alle her?« Mein Blick schießt durch den Raum.

Der Großvater schläft noch immer, Hrafnhildur brabbelt irgendetwas auf Isländisch, das nach einer Entschuldigung klingt, Ingvar brummt, dass es damit ja nun gut wäre, und poltert nach draußen. Hrafnhildur lässt mich ebenfalls sitzen, sie geht nach hinten in die Küche und hantiert laut klappernd mit Töpfen und Geschirr herum. In der Ecke am Fenster steht Andri und weiß offenbar nicht, was er sagen soll.

Ich blättere hastig durch den Stapel. Die Briefe tragen keine Marken, jemand muss sie für mich abgegeben haben. Oder mit in die Kirche gebracht?

»Seit wann habt ihr die? Wo kommen die jetzt alle her?«, frage ich noch einmal, diesmal auf Englisch, und wedele mit den Umschlägen herum.

Andri druckst herum. »Meine Großmutter meinte, du bekommst nur Heimweh, wenn wir sie dir sofort geben. Oder dass du dann fortwillst, bevor du dich hier richtig eingelebt hast und dich als Teil unserer Familie fühlst.«

»Bevor ich …?!« Mir fehlen die Worte.

»Sei nicht wütend auf sie.« Er hebt beschwichtigend die Hände. »Sie hat es nur gut gemeint.«

»Gut gemeint?«, wiederhole ich ungläubig. Das schlägt dem Fass den Boden aus. Und noch etwas wird mir gerade klar. »Du wusstest davon? Wie lange schon? Ihr habt mich einfach reden lassen, als ich gesagt habe, wie sehr ich meine Mutter vermisse! Und dass ich nicht verstehe, wieso ich kein Lebenszeichen von ihr bekomme? Warum habt ihr mir das angetan?«

»Reg dich doch nicht so auf«, bittet er und sieht zu Thorbjörn, der sich mürrisch räkelt.

»Und warum bekomme ich sie jetzt plötzlich?«, frage ich mit schneidender Stimme.

»Großmutter wollte, dass du dich zuerst eingewöhnst«, wiederholt er hilflos. Auf meinen wütenden Blick hin setzt er noch mal zu einer neuen Erklärung an. »Sie hat eingesehen, dass das vielleicht ein Fehler war. Und der Pastor hat gesagt, …«

»*Vielleicht*«, unterbreche ich ihn und stehe auf. »Dass es *vielleicht* ein Fehler war? Was genau hat der Pastor gesagt?« Mein Finger puckert. Er hat wieder zu bluten angefangen und eine verwischte Tropfspur auf dem obersten Umschlag hinterlassen.

Andri hebt verlegen die Schultern. »Na ja. Er meinte, wenn du einen Draht zu den Unsichtbaren hast, ist es bestimmt von Vorteil, sich gut mit dir zu stellen. Und dass du eine sehr gute Arbeitskraft werden kannst … und ja schon bist, auch wenn du noch keine siebzehn bist. «

Ich sehe zu Thorbjörn, der sich gerade von Hrafnhildur einen Schluck Kaffee einschenken lässt und zufrieden vor sich hin brabbelt. Dann schenke ich Andri und Hrafnhildur einen vernichtenden Blick. In meinem Kopf rattern die Gedanken. Die seltsamen Blicke unserer Besucher, die plötzlich alle keine Briefe mehr für mich überbringen konnten – bis auf die beiden, wo ich offenkundig schneller war als Hrafnhildur oder Ingvar. Als sie den dicken Stapel gesehen hatten, den ich Thorvald in die Hand drückte, da mussten sie damit rechnen, dass sie auffliegen.

»Ich muss hier raus.« Zum zweiten Mal an diesem Tag stürme ich ins Freie und knalle die Tür hinter mir so fest zu, dass es scheppert. Soll Hrafnhildur mir doch das Ohr dafür abreißen, wenn ihr schlechtes Gewissen sich beruhigt hat.

Am liebsten würde ich mich in Drifas dichtem Fell vergraben und noch einmal mit ihr fortreiten. Hinüber zu Flóki und seiner Familie vielleicht. Mit ihm könnte ich reden. Überlegen, was ich nun tun soll.

Aber Drifa ist nicht in der Nähe. Aus der Werkstatt ertönt Gehämmere. Ingvar ist mit Svala im Anbau und drischt auf den Amboss ein. Zwischendurch höre ich den Blasebalg an der Esse fauchen, wenn er die Glut in der großen Schmiedefeuerstelle weiter anfacht. Es stinkt bis hier nach verbranntem Horn. Das Kutschpferd hat anscheinend ein Eisen verloren, und er ist dabei, es wieder festzunageln. Drifa mag es nicht, beschlagen zu werden, wahrscheinlich hat sie sich deswegen versteckt.

Mein Finger brennt und puckert. Ich halte kurz am Kräuterbeet und pflücke mir ein bisschen Breitwegerich, den ich zerkaue und auf meine Schnittwunde drücke. Dann gehe ich in den Stall hinüber und klettere über die Leiter auf den Heuboden. Hier lagert das ganze Jahr über ein Vorrat an Heu und Stroh, für den Fall, dass der Hof im Winter so eingeschneit ist, dass man nicht an die etwas weiter entfernt liegende Scheune herankommt. Ich kann es mir kaum vorstellen, dass ein Winter so schlimm werden kann, aber nach allem, was ich über die Natur in diesem Land bisher gelernt habe, will ich es allmählich gern glauben.

Kraftlos lasse ich mich in den duftenden Haufen Halme sinken und starre das Briefbündel in meiner Hand an. Behutsam streiche ich über den ersten. Dann fahre ich vorsichtig mit dem kleinen Finger in den Falz und ratsche ihn auf.

Hvolsvöllur, Montag 13. Juni 1949

Meine liebe, liebe Erla,

zwei volle Tage sind nun schon seit unserer turbulenten Trennung vergangen, die gar kein richtiger Abschied war. Ich hatte sogleich begonnen, dir einen Brief zu schreiben, aber du warst schneller, und ich beginne hier nun neu. Ich habe mich unglaublich über deine Zeilen gefreut! Wie sehr es mein Mutterherz erleichtert hat, dass alles den Umständen entsprechend gut ist bei dir. Und wie schwer es gleich darauf wurde, als ich von deinem Kummer las. Es tut mir so unsagbar leid, welche Entwicklung das alles genommen hat.

Was für ein furchtbares Missverständnis sich aus meiner kleinen Schummelei entwickelt hat. Bitte verzeih mir, Liebstes, was musstest du nur durchstehen! Nachdem mir diese junge Frau damals in der Schlange vor dem Konsulat ihr Herz ausgeschüttet hatte – so bitterlich hat sie geweint um ihren kleinen Sohn –, da hatte ich unendliche Angst, dass uns dasselbe widerfahren könnte. Dass sie dich nicht mit mir reisen lassen, dass ich die Stellung nur ohne dich hätte antreten dürfen, mit deinen vierzehn Jahren. Ich wollte dich hier bei mir haben – wir beide getrennt, das ist doch unvorstellbar! Nun liegt zwar kein Meer zwischen uns, sondern nur ein paar Lavafelder und Flüsse, und doch habe ich das Gefühl, du seist weiter von mir fort als der Mond. Und es ist alles meine Schuld. Verzeih mir, Liebes! Kannst du das?

Wir haben hier noch keine Telefonleitung, sie sollte längst verlegt sein, schon vor unserer Ankunft. Aber das Kabel ist gerissen, irgendwo im unwegsamen Gelände, auf dem Weg zu uns, und *für die Reparatur hat gerade niemand Zeit. Aber ich habe sofort der für uns zuständigen Koordinatorin in Reykjavík geschrieben und warte stündlich auf Antwort von dort. Wir müssen auf ein und demselben Hof unterkommen. Wenn nicht hier, dann dort bei euch oder eben anderswo. Das geht so nicht. Ich halte es nicht aus ohne mein Erlakind, und lieber fahren wir beide wieder nach Deutschland zurück und begraben diesen Traum.*

Hast du es denn wirklich gut auf deiner Hofstelle? Das ist nur ein Übergang! Ich werde mit Hrafn sprechen. (Wie sonderbar, in diesem Land alle zu duzen, nicht wahr?) Ich muss nur den passenden Moment abpassen, damit er unserem Anliegen wohlwollend zuhört. Er hat so viel zu tun, der Arme, aber er ist ein sehr guter Dienstherr, und Arbeit, Lohn und Brot gäbe es sicher auch für uns beide genug hier.

Ich denke jede Minute an dich und vermisse dich ganz schrecklich!

Es grüßt und küsst dich
Deine dich liebende Mutsch

PS: Schreib bitte, sobald du kannst. Der Bote nimmt deinen Brief zu uns mit, ich zahle ihm den Weg im Voraus.

Mutsch, oh Mutsch! Sie hat mir umgehend geantwortet, noch am selben Tag, als sie meinen Brief erhalten hat, vor fast drei Wochen schon – und sie haben mir nichts davon gesagt, alle drei nicht. Was haben sie sich nur dabei gedacht? Ich schäume vor Zorn, als ich den nächsten Brief öffne. Wütend bin ich auch auf meine Mutter, die mir nichts davon gesagt hat, dass sie auf den

Bewerbungspapieren mein Alter gefälscht hat, auf den Bauernverband, der mich einfach Ingvar zugeteilt hat, ohne es abzusprechen, auf den Gletscher, der den Fluss unpassierbar macht. Und auf den Strand. Und … »Ahhhh«, bricht es aus mir heraus. Die Hofkatze sieht mich entsetzt an, faucht und springt davon, während ich bereits mit fliegenden Fingern den nächsten Brief öffne.

Hvolsvöllur, 15. Juni 1949

Mein allerliebstes Erlakind,

bestimmt hattest du noch keine Gelegenheit, mir erneut zu schreiben. Die Tage sind lang, und wir müssen uns noch an das Klima und die Umstände hier oben gewöhnen. Mir brennt es unter den Nägeln, dir die Neuigkeiten gleich mitzuteilen. Denk dir, ich habe mit Hrafn sprechen können, es ließ mir keine Ruhe, also habe ich mir ein Herz gefasst, gleich bei Tisch, am gestrigen Abend noch. Er hätte nichts dagegen, dich ebenfalls zu uns zu holen. Es sei denn natürlich, du möchtest bei Ingvar und seiner Familie bleiben? Deine Arbeitgeber haben Hilfe wohl dringend nötig, wurde mir gesagt, auch wenn man die genauen Hintergründe mir gegenüber nur angedeutet hat. Nun, diese privaten Dinge gehen uns auch nichts an, und du bist vor Ort und klug noch dazu.

Geht es dir gut? Ich will es hoffen. Ich vermisse dich so sehr. Hoffentlich ist die Arbeit nicht zu anstrengend für dich. Du bist es ja noch weniger gewohnt als ich, so viel draußen zu sein und mit den Händen zu arbeiten. Kommst du in deiner Freizeit ein wenig zum

Zeichnen? Hast du es warm genug? Ich hoffe, wir sehen uns am Sonntag beim Kirchgang.

Ich habe dich sehr lieb und vermisse dich ganz schrecklich. Gib gut auf dich acht, sei folgsam und verhalte dich wohlerzogen. Wir schließen einander ganz bald wieder in die Arme! Das wird ein Geheule geben!

Es herzt und drückt dich
Deine Mutsch

Der Kirchgang vor zwei Wochen! Ich fasse es nicht. Haben sie mich in Wahrheit deswegen zurückgehalten, damit ich meiner Mutter nicht begegne? Hätten wir uns etwa jeden bisherigen Sonntag sehen können?

Sie haben mich mit voller Absicht diese ganze lange Zeit leiden lassen! Sie wissen ganz genau, wie sehr ich an meiner Mutter hänge und sie vermisse – wie sie mir fehlt in diesem kalten Land mit seiner komplizierten Sprache, in der ich mich immer noch viel zu schlecht ausdrücken kann. Es gibt so schrecklich viele Dinge, die ich ihr erzählen möchte, bei denen ich ihren Rat bräuchte. Und es fehlt mir unendlich, mich einfach nur von ihr in den Arm nehmen zu lassen. Ich fühle mich so oft ganz schrecklich allein. Und wenn ich Flóki und Drifa nicht hätte …

Ich bin so unglaublich zornig. So wütend war ich noch nie in meinem Leben, und ich bin kurz davor, zurück ins Haus zu stürmen und alles Geschirr zu zerschlagen oder irgendetwas anderes Verrücktes in dieser Richtung zu tun, das ich gleich wieder bereuen würde. Aber zuerst will ich fertiglesen.

Hvolsvöllur, 20. Juni 1949

Mein lieber Erlaschatz,

ist wirklich alles in Ordnung bei dir? Ich hoffe so sehr auf ein paar geschriebene Worte von dir, aber ich verstehe natürlich, wenn du so beschäftigt bist oder einfach zu müde am Abend, um Papier und Stift zu nehmen. Das bin ich auch meist, und mir schwirrt der Kopf von all den neuen Tätigkeiten und den dazugehörigen Worten und Begriffen, die es zu lernen gilt. Aber es macht Freude, oder nicht? Und die Menschen sind so nett!

Nur das mit dem Reiten, das überlasse ich lieber dir. Ein Freund Ingvars hat mir berichtet, er habe dich von ferne gesehen, zu Pferd, und dass du gesund und glücklich aussahst. Das will ich hoffen, es nährt mein schmerzendes, sehnsuchtsvolles Mutterherz. Aber ich will dich nicht mit meinen Sorgen quälen. Es wird einen triftigen Grund geben, warum du mir noch nicht wieder geschrieben hast. Ich lege dir einen Bogen Papier bei. Vielleicht hapert es ja bereits an diesen einfachen Dingen. Du wirst doch am Ende nicht wütend auf mich sein, wegen dieser Sache mit deinem Alter, oder? Es war nur zu unserem, zu deinem Besten! Damit ich dich hier bei mir habe! Ach, wir wollen ganz bald wieder zusammen sein, ja?

Denk dir, morgen Abend lädt mich Hrafn zum Tanz ein. Wir fahren in den Ort zu einer kleinen Veranstaltung anlässlich des Mittsommers. Ich hoffe, auch dich dort zu sehen. Er meinte, fast alle Bauern aus dem Süden kämen dort zusammen. Falls jedoch nicht, dann kommen wir euch hoffentlich bald besuchen.

Ich habe Hrafn das Versprechen abgenommen. Du bist doch mein Kind, und ich stieß auf offene Ohren und vollstes Verständnis, Familie ist ihm so wichtig. Er ist ein guter Mann. An meinen freien Tagen zeigt er mir das Land. Sie wollen jetzt großflächig Lupinen ansäen, damit der Wind den fruchtbaren Boden nicht davonträgt. Ist es nicht wunderwunderschön hier?

Ich küsse und drücke dich!
Deine Mutsch

Na wunderbar! Jetzt habe ich Tränen in den Augen. Meine Mutter glaubt, ich will ihr gar nicht schreiben und dass ich seit drei Wochen wütend *auf sie* bin! Tanzen war sie und bekommt das Land gezeigt, während ich hier im finsteren Mittelalter feststecke und Entenfedern und Schafwolle vom Mist befreie. Aber wartet nur, das wird sich jetzt ändern!

Hvolsvöllur, Dienstag, 28. Juni 1949

Liebstes Erlakind,

was ist nur los bei euch? Hat es wirklich nur mit dem Hochwasser des Flusses zu tun, wie alle behaupten? Wenn ich dich am Sonntag wieder nicht beim Kirchgang sehe, werde ich Ingvar unseren Besuch gleich für die nächste Woche ankündigen. Er lobt dich stets in höchsten Tönen, aber mir scheint, er erfindet Ausflüchte, warum er dich nicht mitbringt. Parallel werde ich nochmals an unsere deutschsprachige Kontaktperson in Reykjavík schreiben, damit sie nach dem Rechten bei euch sieht, unangekündigt in dem Falle!

Sie schrieb mir, ein wenig müssten wir noch Geduld haben. Wenn nichts ganz Grobes vorliegt, wäre es am besten, das Jahr abzuwarten und den Vertrag zu erfüllen, das wäre sicher hilfreich, falls wir eine Einbürgerung anstreben.

Aber wenn es dir dort schlecht ergeht, mein Schatz, dann kommst du sofort, ja? Lass es mich nur wissen! Bist du womöglich krank? Verheimlicht man mir etwas? Ist dir etwas zugestoßen? Du würdest mich doch niemals freiwillig so darben lassen … Ich kann mein Glück nicht genießen, wenn ich nicht weiß, dass du gut aufgehoben, bei bester Gesundheit und fröhlich bist.

Ich möchte dich ganz bald zu uns holen! Zumindest für ein paar freie Tage, die uns ja schließlich zustehen!

In großer Sorge,
Deine dich liebende Mutsch

PS: Stell dir vor! Die Telefonleitung wird endlich repariert. In wenigen Tagen schon kann ich zumindest deine Stimme wieder hören! Ich freue mich so sehr darauf, dir alles zu erzählen, was es sonst noch an Neuigkeiten gibt!

PPS: Hrafn nennt mich seit Neuestem Björk statt Berta. Er sagt, wenn ich eine richtige Isländerin werden will, brauche ich auch einen isländischen Namen. Björk bedeutet Birke, aber du kannst inzwischen sicher bereits mehr Vokabeln als ich. Er hat es auch gleich beim Einbürgerungsamt beantragt. Du bist nun also offiziell

Erla Björksdottir! Eine Erle und eine Birke, das klingt lustig, findest du nicht?

Ich atme tief durch und zähle bis zwanzig. Dazwischen öffne und balle ich abwechselnd meine Fäuste, bis ich nicht länger alles kurz und klein hauen will. Dann klettere ich die Leiter nach unten und marschiere über den Hof und in die Stube. Die haben meine Mutter getroffen – heute womöglich auch –, und sie haben mir nie davon erzählt! Von meinem Wochenlohn habe ich noch nie etwas gesehen, und freie Tage stehen uns auch zu?

Ingvar, Hrafnhildur und Thorbjörn sitzen am Tisch, trinken Kaffee und gucken, als ob sie aufs Jüngste Gericht warten. Andri kauert am Herd und schnitzt irgendein Ersatzteil für ein landwirtschaftliches Gerät. Zu seinen Füßen jagt die Katze herunterfallende Holzraspel. Aber als ich eintrete, nutzt sie die Gelegenheit und huscht durch die geöffnete Tür ins Freie. Eigentlich müsste ich sofort meine Sachen packen und verschwinden. Aber dann müsste ich mich von Flóki und dem kleinen Mädchen verabschieden, bevor ich sie richtig kennengelernt habe. Ich habe noch nie richtige Freunde gehabt. Und ein Pferd, Drifa! Es könnte auch von Nachteil sein für Mutsch und unsere Einbürgerung. Aber das sage ich ihnen nicht. Ich habe einen Plan.

»Ihr habt also heute meine Mutter getroffen, ja?«, schieße ich ins Blaue.

Volltreffer! Völlig überrumpelt balanciert Ingvar seine Kaffeetasse aus. Ein bisschen kleckert trotzdem auf das Sonntagstischtuch. Hrafnhildur schimpft. Ich koste die Schadenfreude voll aus, auch wenn ich weiß, wer morgen wieder über dem Waschbrett hängen wird und die Flecken rausschrubben darf. Ich nämlich. An ihren Gesichtern lese ich ab, dass sie mit dem Schlimmsten rechnen. Das geschieht ihnen recht! Bei all der Arbeit hier wären sie komplett aufgeschmissen, wenn ich gehen würde, und das wissen sie auch. Ich atme tief durch, um nicht doch noch loszubrüllen. Dann lasse ich die Bombe platzen.

»Gut. Ich bleibe. Vorerst. Aber es muss einiges anders werden.« Ich ziehe mir einen Stuhl heran, statt des Schemels, den ich normalerweise nutze, würdige die Erwachsenen keines Blickes und sage auf Englisch zu Andri: »Ich will sonntags freihaben und natürlich mit zur Kirche gehen. Einmal in der Woche möchte ich meinen Lohn ausgezahlt bekommen, einmal im Monat in die Stadt oder zumindest ins nächste Dorf, und ich wünsche, meine Mutter besuchen zu dürfen und von ihr besucht werden zu können, sooft ich mag. Natürlich je nachdem, wie es die Arbeit hier auf dem Hof zulässt.« Ich mache eine Pause, um Luft zu holen. »Und ich will Kaffee.«

»Du magst doch gar keinen Kaffee«, sagt Andri kleinlaut und starrt mich verblüfft an.

»Ich habe es mir eben anders überlegt«, schnaube ich. »Wenn wir noch mal von vorn beginnen, dann richtig.«

Er nickt und fängt an zu übersetzen.

»Ein neues, gutes Kleid brauche ich auch«, schiebe ich schnell noch hinterher. »Damit ich niemanden blamiere beim Kirchgang. Oder wenn ich tanzen gehe. Denn das will ich auch.«

Andris Augenlid zuckt, aber er sagt nichts, sondern übermittelt meine Forderungen in gesenktem Ton weiter.

Hrafnhildur und Ingvar hören sich alles an. Zwischendurch zieht er die Augenbrauen in die Höhe, Hrafnhildur bläht die Backen. Dann steht die Großmutter kommentarlos auf, geht in den Vorraum und steigt die schmale Treppe nach oben. Sie schiebt irgendein Möbelstück über den Boden. Ich höre Holz knarren und quietschen und ein Rumpeln. Sie kommt die Stiegen wieder herunter und zu uns herein und trägt ein dickes Wollkleid mit Schürze in den Armen und dazu eine Haube.

Andri erstarrt kurz und senkt schnell den Blick. »Das ist die Tracht meiner Mutter«, sagt er schließlich bemüht emotionslos.

Hrafnhildur nickt mir zu, und ich nehme ihr das Kleid ab. Der Moment hat etwas Feierliches, als ob wir einen Vertrag besiegeln.

Ingvar schenkt mir Kaffee ein und trinkt ebenfalls.

Zögernd nehme ich einen Schluck. Er ist heiß und bitter. Es kostet mich alle Selbstbeherrschung, über die ich verfüge, jetzt nicht das Gesicht zu verziehen. Das ist schließlich so etwas wie unsere Friedenspfeife. Alle Augen ruhen auf mir.

»Kann ich bitte den Zucker haben?«, frage ich mit fester Stimme. Thorbjörn schiebt mir kichernd das kleine Tongefäß mit dem Holzlöffel herüber. Ich tauche dreimal ein, rühre ordentlich um und probiere noch einmal. »Besser«, sage ich dann. »Viel besser.«

Ingvar lacht dröhnend und hält mir seine riesige Hand hin. Ich schlage ein, er klopft mir auf die Schulter, und damit ist unser Pakt anscheinend besiegelt. Hrafnhildur seufzt leise und verzieht die Mundwinkel zu einem gequetschten Lächeln. Dann steht sie auf, um Nähzeug zu holen, wie sie mir mit einer knappen Geste zu verstehen gibt, damit wir das Kleid anpassen können.

Andri werkelt wieder an seinen Bolzen und Splinten herum und schnitzt weiter.

Ich bleibe kurz sitzen, strecke meine Beine aus und sehe durchs Fenster. Die Sonne scheint durch die Wolken. Im Sommer sind auch die Sonntage lang in Island. Vielleicht unternehme ich heute noch einen kleinen Ausritt. Warum nicht? Es ist noch nicht mal zwei Uhr am Nachmittag. Ich habe offiziell frei, und bis zum Abendessen dauert es noch Stunden.

Flóki streifte seiner Stute Brúna das Halfter ab und schickte sie zum Grasen zu den anderen.

»Wo warst du?«, wollte Jarle wissen. Der Kleine hatte ein Talent, sich so leise anzuschleichen, dass selbst die Braune kurz scheute und zur Seite sprang, bevor sie empört schnaubend davontrabte.

»Reiten«, antwortete er einsilbig, während er das Gebiss mit den Fingern säuberte und ihr hinterhersah.

»Hast du das deutsche Mädchen getroffen?«

»Sie heißt Erla.« Flóki drehte sich um, und Jarle grinste breit. »Was gibst du mir, damit ich das nicht Ulvi petze?«

»Ich leg dich übers Knie, du freche, kleine Kröte!« Lachend rannte er seinem kleinen Bruder hinterher, der kreischend und kichernd vor ihm flüchtete.

»Wo ist Ulvi eigentlich?« Flóki tat so, als ob er dringend eine Atempause bräuchte, während Jarle sich kichernd im Pferch zwischen den beiden Kühen und ihren Kälbchen versteckte.

»Drin«, rief er mit verstellter Stimme. »Aber das hat dir nicht Jarle gesagt, der ist gar nicht mehr hier. Er hat sich versteckt, und du sollst ihn suchen.«

Gutmütig machte Flóki das Spiel mit. »Vielen Dank, liebe Runa«, wandte er sich an die Kuh. »Wenn du Jarle siehst, dann sag ihm, er soll sich lieber nicht so dicht an deine Hinterbacken stellen, wo es so glitschig ist und du ihm mit dem Schwanz durchs Gesicht fahren kannst. Da liegt nämlich frischer Mist.«

»Ieh«, hörte er prompt den Kleinen quietschen, nur einen Wimpernschlag nach dem Geräusch des satten Klatschens, wenn jemand in einem Kuhfladen ausrutschte, und er wusste, wer heute noch baden musste.

Schmunzelnd zog er sich die Schuhe aus und betrat das kleine Haus.

Ulvi lag im Bett. Das war ungewöhnlich. Sie machte schon seit einiger Zeit keinen Mittagsschlaf mehr. Flókis Eltern waren übers Wochenende zum Thing gefahren. Die Ratsversammlung tagte in regelmäßigen Abständen, um über dies und das abzustimmen und kleinere Nachbarschaftsstreitereien beizulegen. Zusätzlich fand ein Markt statt. Die Kleinen hatten lieber bei ihm zu Hause bleiben und mit den Tieren helfen wollen. Sie genossen wie er die Freiheit, nicht unter der Aufsicht ihrer Eltern zu stehen und sich groß und wichtig zu fühlen. Umso seltsamer, dass Ulvi das große Abenteuer Freiheit verschlafen wollte.

Flóki tappte leise näher, um sie nicht zu wecken. Ulvis Wangen waren gerötet. Beunruhigt setzte er sich neben das schlafende Kind und befühlte die kleine Stirn, auf der Schweißperlen standen. Sie war kochend heiß. »Was hast du, Mäuschen?«, wisperte er.

Ulvi räkelte sich im Schlaf. Benommen öffnete sie die Augen. »Mir ist so kalt«, flüsterte sie. »Und ich habe ganz doll Bauchweh. Holst du Mama?«

6. Alles auf Anfang

Das Wetter und der Gletscher machen mir einen Strich durch die Planungen. Ich hatte es mir so schön zurechtgelegt: zwei Stunden hinreiten, zwei Stunden dortbleiben, zwei Stunden für den Rückweg. Dann hätte ich zwar das Abendessen verpasst, aber vom Eintopf bleibt immer etwas übrig, und ich wäre noch rechtzeitig wieder zurück gewesen, um das Vieh für die Nacht zu versorgen. Tiere kennen keine Sonntage, und das geht für mich in Ordnung.

Leider haben sie Mutsch und mich mit dem Fluss nicht angelogen. Fassungslos starre ich in das brodelnde Ungeheuer und kann mir nicht vorstellen, dass es überhaupt jemals möglich sein soll, es zu überqueren. Wie lange muss ich noch warten, bis ich meine Mutter endlich besuchen kann? Wann wird diese Furt wieder gefahrlos passierbar sein? Ich sehe sie nicht mal! Da sind nur schäumende, aufgebrachte Wassermassen. Mein Weg endet genau hier.

Drifa weigert sich, auch nur einen Huf weiter nach vorn zu bewegen, dabei sind wir noch Meter vom überschwemmten Ufer entfernt.

Der Fluss hat sich durch die Schneeschmelze im Hochland und den vielen Regen der letzten Tage in eine reißende Bestie mit Stromschnellen, Wirbeln und Untiefen verwandelt.

Selbst Ingvars Freund und Nachbar Thorvald, ein erfahrener und sehr geübter Reiter, hatte beim Durchqueren enorme

Schwierigkeiten. Sein Besuch fällt mir wieder ein, er liegt etwa eine Woche zurück. Ich habe es nicht geglaubt, als er es erzählt hat. Ich dachte, er wollte eine Runde angeben, wie sie es alle so gern tun. Ich wende Drifa, und während wir zum Hof zurückreiten, lasse ich meine Gedanken zu jenem besagten Tag zurückschweifen …

… Seine Stiefel hat er polternd im Vorraum vor der Stubentür ausgezogen, wie es alle Isländer tun. Aber seine Socken hinterlassen patschnasse Abdrücke auf dem Boden, und seine Hose tropft ebenfalls. Unter seinem Stuhl bildet sich eine kleine Lache, aber er will sich partout nicht umziehen, weil er gleich weitermuss.

Ich sitze in meiner Ecke am knackenden und prasselnden Herdfeuer und bekomme schon beim Zuhören über seinen abenteuerlichen Ritt so schweißnasse Finger, dass ich kaum weiterstricken kann. Dabei verstehe ich immer noch nur höchstens ein Viertel von dem, was bei Tisch gesprochen wird.

Diese Sprache besteht aus so vielen Zischlauten und Zungenbrechern, dass es mir schwerfällt, manche Wörter einfach nur nachzusprechen. Und wenn es mir in einem Moment gelingt, dann habe ich die richtige Aussprache schon wieder verloren, wenn ich mir die nächste Vokabel einprägen will. Außerdem verändern sich manche Worte bis zur Unkenntlichkeit, je nachdem, ob man sie an eine Frau oder einen Mann richtet, oder in welchem Fall sie verwendet werden. Ein Glück, dass die meisten Isländer, die ich bisher getroffen habe, ihre Worte sehr gestenreich und mit vielen Betonungen untermalen. Sie sind geborene Geschichtenerzähler.

Blumig schmückt Thorvald seine Schilderung aus und stöhnt und schwört und ächzt, dass er bis zum Herbst nun wohl den längeren Ritt über den Pass in Kauf nehmen muss.

Ich frage, wo der langführt, und erfahre, dass dieser Umweg für mich keinesfalls infrage kommen kann. Thorvald will etwas dazu sagen und kramt in seiner Ledertasche, aber Ingvar unterbricht ihn.

»Es ist zu weit und zu kompliziert. Das schaffst du nicht an zwei Tagen hin und zurück. Außerdem kennst du dich nicht aus. Es ist gefährlich wegen der geothermalen Aktivitäten. Wenn du dich nicht auskennst, gerätst du in kochend heiße Sümpfe«, übersetzt Andri verstohlen, damit sein Vater nicht hört, wie er Englisch mit mir spricht.

Die schwarz-weiße Katze tobt spielend mit meinem Wollknäuel durch den Raum, schlägt Haken und schlingt sich wie eine Kugel um die Wolle, die sich einfach nicht ergeben will, solange ich weiter an dem Faden ziehe. So wird das nichts mit meinen neuen Socken.

Ich lege mein Strickzeug zur Seite und will aufstehen, um neuen Kaffee aufzusetzen. Die trinken hier ständig Kaffee, und noch dazu in rauen Mengen. Aber Ingvar drückt mich zurück auf den Stuhl. Er stellt die Flasche mit dem Schnaps auf den Tisch. Das ist das Signal für mich, endlich gehen zu dürfen. Ich brabbele eine Entschuldigung, erkämpfe mir mein Wollknäuel zurück und verdrücke mich nach draußen.

Aus dem Augenwinkel sehe ich, wie Thorvald wieder in seine Tasche greift und mir etwas hinterherruft. Aber Ingvar winkt ab, als ich mich umdrehe…

»Bastard!«, schimpfe ich so laut, dass Drifa die Ohren anlegt und einen Satz zur Seite macht, den ich gerade noch aussitzen kann. »Oh, tut mir leid, meine Schöne. Ich wollte dich nicht erschrecken, mir ist nur gerade etwas klar geworden.«

Im Nachhinein bin ich mir ziemlich sicher, dass Thorvald mir damals die Briefe meiner Mutter geben wollte. Wer sonst sollte sie vorbeigebracht haben?

»Was machen wir denn jetzt mit unserem ersten freien Sonntagnachmittag?«, frage ich Drifa. Mein Schimmelchen spielt mit den Ohren. Spielen, das ist die Idee! Ich könnte Flóki besuchen. Ich weiß ja jetzt, wo er wohnt. »Wir müssen nur noch mal kurz zum Hof«, erkläre ich Drifa. »Ich möchte noch etwas holen.« Aus der gereinigten und gekämmten Schafwolle habe ich nämlich zwei Püppchen gefilzt und mit Stoffresten angezogen. Die möchte ich den beiden Kleinen schenken. Ich hoffe, sie freuen sich darüber. Ich grinse in mich hinein. Wenn ich richtig geraten habe, dann wird ein gewisser großer Bruder allerdings gleich die allergrößten Augen machen. Was er wohl sagen wird, wenn ich plötzlich bei ihnen an die Tür klopfe?

Auf den letzten Metern zum Hof lasse ich Drifa die Zügel lang. Entspannt senkt sie den Hals und streckt sich. Ich nehme die Füße aus den Steigbügeln und lasse sie baumeln.

Andri, der mich so gut wie immer beschattet, ist nicht da. Sein Pferd fehlt. Ach ja. Mein Lächeln wird immer breiter. Das hatte ich fast vergessen. Er ist sicher aufgebrochen, um einem Nachbarn mit einer gebrochenen Wagenachse zu helfen. Darüber hatten sie bei Tisch geredet. Das war wohl beim Kirchgang vereinbart worden.

Wo die Besiedlung so dünn ist wie hier, helfen die Menschen einander. Das ist etwas, das mir gut gefällt an diesem Land und seinen Bewohnern. Sie sind eine eingeschworene Gemeinschaft. Aber sie lassen so leicht niemand Neues wirklich dazugehören.

Gut gelaunt springe ich vom Pferd und lockere Drifas Sattelgurt, bevor ich sie vorm Stall anbinde, um die Püppchen aus meinem Zimmer zu holen. Aber vorher husche ich noch in die Vorratskammer und stecke eine kleine Rübe für sie ein. Schließlich ist Sonntag, und wenn wir gleich noch einen Ausflug machen, dann soll sie auch etwas davon haben.

Als ich eine Dreiviertelstunde später vor der Elfenbehausung stehe, verlässt mich dann allerdings fast der Mut. Ein dünner Rauchfaden schlängelt sich in den Himmel, ein paar Hühner gackern auf dem Hof herum, und zwei Kühe liegen gemütlich in einem Pferch und bewegen wiederkäuend ihre Kiefer im Kreis.

Niemand ist mir gefolgt, dessen bin ich mir sicher. Und doch bin ich kurz davor, wieder umzudrehen, weil mir das Herz in die weite Hose rutscht. Ein leises Summen kribbelt mir über Arme und Beine und sammelt sich in meinem Bauch, ich spüre es immer stärker, je mehr ich mich dem Haus nähere.

Vielleicht komme ich ungelegen? Was machen isländische Familien am Sonntagnachmittag? Ich lasse meine Hand sinken, die ich bereits zum Klopfen erhoben hatte. Ich habe in Island noch nie jemanden besucht – und dann gleich als Erstes eine Familie aus dem Versteckten Volk?

Andri hat mir eingeschärft, ich solle die Verborgenen bloß nicht vergrätzen. Was, wenn ich gerade drauf und dran bin, genau das zu tun? Unschlüssig kaue ich auf meiner Unterlippe herum.

Quatsch. Andri kann mich mal. Ich nehme die neue, selbst gestrickte Mütze ab und glätte mir mit den Fingern nervös die Haare.

Ich hätte mir zumindest ein Kleid anziehen sollen. Nicht die Tracht natürlich, das wäre erst recht komisch gewesen, aber mein altes Sonntagskleid vielleicht? Mit einer frischen Schürze drüber wären die Flicken bestimmt nicht aufgefallen. Zumindest nicht auf den ersten Blick.

Das Summen und Kribbeln fühlt sich inzwischen an wie ein ganzer Bienenstock. Unsicher sehe ich mich nach Drifa um.

Meine Stute ist mir nur leider keine Hilfe, sie ist mit ihrer Aufmerksamkeit ganz woanders. Neugierig beäugt sie die beiden Kühe. Sie macht den Hals ganz lang, um sich ein paar Hälmchen Heu zu stibitzen, und schnorchelt entrüstet, als eine Kuh sich zu ihr dreht und eine lange spitze Zunge ihren Nüstern gefährlich nah kommt.

Mir irrlichtern die verrücktesten Gedanken durch den Kopf. Vielleicht sollten wir einfach wieder gehen? Womöglich werde ich in die andere Dimension gesogen, sobald ich auf die Schwelle trete, und finde nie wieder zurück?

Da höre ich ein leises Wimmern durch die Holztür. Es ist die Sorte Weinen, die ausdrückt, dass ein kleines Kind sich wirklich unwohl fühlt, dass es Hunger hat oder Angst oder ziemlich krank ist. Und während ich noch überlege, ob ich jetzt klopfen oder gehen soll, wird mir die Entscheidung abgenommen und die Tür aufgerissen.

Flóki prallt zurück, als er mich sieht. Er hat das kleine Mädchen auf dem Arm. Es hat den Daumen im Mund und sein verschwitztes Köpfchen an Flókis Brust geschmiegt. Ein Füßchen ist nackt, die geringelte Socke vom anderen ist halb heruntergerutscht, und seine Wolldecke scheint auch kurz davor, auf den Boden zu fallen.

Du bist das, höre ich seine Stimme in meinem Kopf. Sie klingt, als hätte er jemand anderen erwartet. Er schuckelt und wiegt die Kleine und versucht, sie zu trösten, während er Platz macht, damit ich eintreten kann.

»Was hat sie?«, will ich wissen, ignoriere die Bienenvölker, die in meinem Magen Tiefflug üben, und ziehe die Tür hinter mir zu.

Das Mädchen reagiert kaum auf mich, es kuschelt sich nur noch ein wenig enger an Flókis Hals.

Er geht mir voraus zur Küche und zieht einhändig einen blubbernden Topf vom Herd, der zischend überschwappt, weil er so nervös ist. *Ich weiß es nicht,* sprudelt seine Stimme in meinem Kopf los. *Als ich vorhin reinkam, lag Ulvi im Bett und hat geschlafen. Sie hat Fieber und hustet immerzu, und ihr Bauch ist ganz hart. Meine Eltern kommen erst heute Abend zurück. Ich dachte, du wärst Kadlin. Ich weiß nicht, was ich tun soll!* Aus seinen Augen spricht nackte Angst.

Ich habe keine Ahnung, wer Kadlin ist, aber Ulvi hat hohes Fieber und glasige, eingefallene Augen. Abwesend bücke ich mich nach dem heruntergefallenen Strumpf und schiebe ihn über das Füßchen des kleinen Mädchens. Auch hier löst die Berührung ein kleines elektrisches Bienenbritzeln aus, aber ganz anders als bei Flóki.

Betont ruhig frage ich: »Hat sie genug getrunken?«

Flóki lässt die Schultern hängen und fängt wieder an, sein Schwesterchen zu wiegen und dabei durch den Raum zu tigern wie ein Panther im Zoo. *Sie wollte nicht. Deswegen mache ich ihr gerade süße Milch.*

Ich muss mich zwingen, mich nicht von seiner Nervosität anstecken zu lassen und ihm hinterherzurennen. Ich atme tief durch. Nachdenken, Erla! Das ist nicht so einfach, wenn einem Bienen im Magen, im Kopf und unter der Haut herumschwirren und Hasch-mich-ich-bin-der-Frühling spielen.

»Wenn sie erkältet ist, verschleimt das die Atemwege nur noch mehr, und sie kann schlechter abhusten«, spule ich mein Wissen herunter. »Gib ihr lieber Tee mit Honig.« Honig – Bienen, Bienen, Bienen.

Flóki sieht mich fragend an.

»Habt ihr keinen Honig?« Suchend drehe ich mich um die eigene Achse. Bei uns würde welcher im Küchenschrank stehen. Aber hier gibt es nur ein offenes Regal und ein paar Borde an der Wand. Die wenigen Töpfe und Tiegel, die ich entdecke, sind unbeschriftet und aus Ton.

In der Kammer steht ein Krug mit dänischem Honig, meldet sich plötzlich ein kleiner Blondschopf zu Wort, der hinter der Küchenbank auftaucht.

Jarle! Sagst du bitte erst mal Hallo zu unserem Gast. Flóki angelt mit fahrigen Fingern eine Tasse vom Hängeregal über dem Herd. *Möchtest du auch?*

»Hol den Honig«, bitte ich kopfschüttelnd und strecke die Arme aus, damit er mir die Kleine gibt und die Hände frei hat.

Er nickt zerstreut. Endlich beruhigen sich die blöden Bienen. Das Summen schwillt ab und wird zu einem dezenten Untergrundkribbeln.

»Und wie heißt du?«, frage ich den Jungen. »Hvað heitir þú?«

»Jarle«. Er sieht mich skeptisch an.

Ich lächele. »Halló Jarle. Schön, dich kennenzulernen. Ich habe leider keine Hand frei, um sie dir zu geben.«

Er kichert schüchtern, beißt in ein Marmeladenbrot und beobachtet währenddessen weiter jede meiner Bewegungen.

Ich versuche, Ulvi so auf meiner Hüfte zu platzieren, dass ich an die Kräuter herankomme, die neben dem Herd von der Zimmerdecke hängen. Sie duften nach wilden Wiesen und Sommer und Meer. Nur die Hälfte der Pflanzen kommt mir bekannt vor. Weidenrindentee wäre jetzt perfekt. Aber woher sollten sie den haben in einem Land fast ohne Bäume? Ich strecke mich, um einzeln an den Büscheln zu schnuppern, und entscheide mich für etwas, das zumindest so riecht wie Salbei und Thymian, auch wenn es etwas anders aussieht als bei uns.

Jarles Stimmchen drängelt sich zwischen mein Nachdenken über die Kräuter: *Bist du eine Weltenwanderin?*

»Eine was?«

Na, wie in den alten Geschichten!

Verständnislos sehe ich den Kleinen an. Ulvis Köpfchen fällt kraftlos an meine Schulter, gerade als ich den Tee aufgieße. Hastig stelle ich den Kessel zurück. Ich verbrühe mich an den Wasserspritzern und stoße mit dem Schienbein gegen ein Holzscheit, aber das merke ich kaum. »Nein, nein, nein, nein, nein! Nicht einschlafen jetzt, Ulvi. Bleib bei mir!«

Mit der flachen Hand ditsche ich ihr leicht gegen die Wangen, dabei sehe ich mich bereits nach einem Ort um, wo ich sie gefahrlos ablegen kann. Meine Nackenhaare stellen sich auf. Jetzt muss es blitzschnell gehen. Ich habe ein ganz mieses Gefühl.

Mein Blick fliegt zu Flóki, der gerade durch den Flur zurückkehrt, ein kleines Tongefäß in der Hand. *Ich musste erst … was ist los?*

»Das ist ein Fieberkrampf. Beeil dich, hol mir kalte Waschlappen, Stofftücher, was immer du hast! Und Wasser.«

Aus dem Augenwinkel bekomme ich flüchtig mit, wie Jarle den Honigtopf in der Luft auffängt. Flóki rennt nach nebenan.

Ich breite einhändig die Wolldecke auf dem rohen Bretterboden aus, lege die Kleine darauf und drehe sie auf die Seite, genau in dem Moment, als sie zu zucken beginnt.

Jarle weint.

»Sch«, mache ich abwesend und versuche gleichzeitig, die zappelnden Ärmchen und Füßchen festzuhalten, damit Ulvi sich nicht wehtut, ihr die Söckchen auszuziehen und den jüngeren ihrer beiden Brüder zu trösten.

Stirbt sie jetzt?, jammert der kleine Junge und zerdrückt sein Marmeladenbrot, ohne es zu merken. Seine Augen schwimmen.

»Es wird alles gut«, sage ich stur und streichele dem krampfenden Mädchen den Kopf. Speichel läuft ihm aus dem Mundwinkel, die Augen sind starr in eine weit entfernte Leere gerichtet. Sie darf sich nur nicht verschlucken oder ausgerechnet jetzt erbrechen, denke ich. So hat Mutsch es mir beigebracht.

Meine Mutter hat im Krieg und auch noch danach als Hilfskrankenschwester gearbeitet. Als es richtig schlimm wurde mit den Verletzten und später mit den Heimkehrern und kranken, unterernährten Kindern – und weil ich ohnehin keinen Ort hatte, an dem ich gefahrlos hätte bleiben können – bin ich eben mitgekommen. Im Krankenhaus war es wenigstens warm, und es gab Suppe. Ich habe geholfen, so gut ich es eben konnte – und sei es, dass ich mit aufgesperrten Ohren und Augen möglichst nicht im Weg herumstand. Dort habe ich in mich eingesaugt, was ich nur lernen konnte. Dass Fieberkrämpfe bei Kleinkindern schlimmer aussehen, als sie sind zum Beispiel. Und wie man Wadenwickel macht.

Nur ist es mir neu, dass fiebrige Kinder einfach aufhören zu atmen und blau anlaufen. Sie krampft doch gar nicht mehr. Was ist da los? Ulvi liegt ganz ruhig vor mir, wie ein zuckersüßes, lebloses Püppchen. Keine Bewegung, kein Atemzug, kein Lidschlag.

In mir steigt Angst auf. Aber ich habe gelernt, die wegzudrücken, genau wie den Schmerz in meinen Schienbeinen. Keine Ahnung, warum die wehtun, dafür habe ich jetzt keine Zeit. Ich blende den Boden aus, Jarles ersticktes Schluchzen, den Geruch nach Kräutern, Schaf und Herdfeuer, Flóki, der eine Emailleschüssel mit Wasser und einigen Lappen neben mir abstellt und dessen Schrecken ich buchstäblich fühlen kann wie Elektrizität.

Jetzt funktioniere ich nur noch. Auf den Knien rutsche ich hinauf zu Ulvis Brustkorb, ich drehe sie wieder auf den Rücken, öffne ihren Mund und überprüfe, dass da kein Fremdkörper sitzt oder ihre Zunge den Rachen blockiert. Dann beuge ich mich über sie, halte ihr die Nase zu und puste Luft in den Brustkorb, bis der sich hebt. Meine linke Hand zittert, als ich sie an ihre Halsschlagader lege, um den Puls zu fühlen. Der ist noch da. Dem Himmel sei

Dank. Das Herz schlägt auch. Ich zwinge meine Hand zur Ruhe und lege sie auf dem kleinen Brustkorb ab. Er senkt sich mit ihr. Erneut zwinge ich Luft in den zerbrechlichen Körper.

Und noch mal.

Und wieder.

Von vorn.

Ich höre auf zu zählen, ich bin Ulvis Atem. Ein und aus. Warten.

Von weit her höre ich Flóki irgendwas Beruhigendes zu Jarle sagen.

»Es wird alles gut«, bestätige ich mechanisch und mache weiter. Immer weiter.

Endlich regt sich etwas unter meinen Händen. »Da ist sie wieder«, höre ich mich selbst rufen, atemlos, erleichtert, und wische meine salzigen Tränen weg, die auf das winzige, warmrote Kindergesichtchen gekleckert sind. Warmrot ist es jetzt wieder, lebendig.

Zittrig richte ich mich auf. »Alles gut. Jetzt die Wickel. Das Fieber muss runter.«

Wir tragen Ulvi nach oben in ihr Bettchen. Ich bleibe neben ihr sitzen, kühle ihr mit einem feuchten Tuch Stirn und Nacken, und gemeinsam wechseln wir alle paar Minuten die nassen Umschläge um ihre Waden. Flóki reicht mir stumm der Reihe nach alles, was ich von ihm haben will.

»So lange drumlassen bis sie warm sind, dann ein paar Minuten abwarten, und wenn die Beinchen wieder heiß sind, wiederholen. Immer im Wechsel«, erkläre ich ihm oder Jarle, oder vielleicht spule ich mein Wissen auch nur für mich selbst ab, um mich zu beruhigen. Meine Knie zittern, meine Hände auch, als ob sie alles nachholen wollen, wofür eben kein Raum war. »Es ist alles gut«, erkläre ich ihnen und allen, die es sonst noch hören.

Ja, das hast du gut gemacht. Jarle klettert zur Bestätigung auf meinen Schoß, schlingt seine klebrigen Hände um meinen Nacken und drückt mir einen Marmeladenkuss auf die Wange. *Magst du was von meinem Brot? Hier, beiß mal!*

Lachend lehne ich ab. Der Kanten sieht ziemlich mitgenommen aus. Flóki und mein Blick begegnen sich kurz. Ich schlage schnell die Augen nieder und streichele Ulvis Hand, die schlaff in meiner liegt. Sie schläft, ihr Atem geht leise und regelmäßig

Ich kann dir eine eigene Scheibe schmieren. Möchtest du? Krähenbeerenmarmelade. Flóki sieht immer noch so blass aus, wie ich mich fühle. *Und eine Tasse Tee?*

Ich nicke verlegen. Mein Magen knurrt tatsächlich. Und mir ist eiskalt.

Ich will auch! Ulvi reckt sich. Anscheinend geht es ihr besser. Erleichert atme ich auf.

Draußen klappern galoppierende Hufe, ein Pferd wiehert, und dann hämmert es auch schon unten an die Tür. Jemand stürmt herein, ohne die Aufforderung dazu abzuwarten. Eine Mädchenstimme ruft etwas.

Das ist Kadlin, erklärt Flóki und steht auf, um sie zu begrüßen. Doch mitten in der Bewegung dreht er sich zu mir um und drückt mich so fest an sich, dass mir die Luft wegbleibt. Mein ganzer Körper vibriert, als ob ein Schwarm Bienen direkt durch mich hindurchgeflogen wäre. Verblüfft sehe ich ihm nach.

Er eilt die Treppe hinunter, die Kadlin bereits halb nach oben gerannt ist. Die beiden begegnen sich auf halber Strecke. Flóki erzählt laut und aufgeregt, die Mädchenstimme ist erheblich leiser und klingt besonnen. Ich verstehe wie immer kein Wort. Seufzend lächle ich Ulvi zu. Das Bienenbrummseln hallt immer noch nach.

Du lernst das, piepst sie. *Du wirst sehen, es ist dein Weg.*

Kadlin fluchte. Sóley hatte sehr besorgt ausgesehen, als sie ihr Flókis Botschaft übermittelte. Ihr Freund bat nicht leichtfertig um die Hilfe der alten Kräuterfrau, und wenn er nicht einmal selbst kam, sondern Sóley schickte ... Es musste wirklich schlimm stehen um seine kleine Schwester.

Warum nur war Jorúnn ausgerechnet heute ausgegangen, um Kräuter zu sammeln, und hatte sie alleine in der Höhle gelassen? Salben rühren und Hühnersuppe kochen, das hätte sie auch noch am Abend tun können. Andererseits war es ein wirklich glücklicher Umstand, dass sie Kadlin nicht mitgenommen hatte. Das tat Jorúnn sonst immer, damit ihre Schülerin lernen konnte – nur eben heute nicht, den alten Göttern sei Dank.

Dann konnte sie ebenso gut etwas von der frisch gekochten Suppe abfüllen und mitnehmen.

»Beeil dich!«, drängte Sóley vom Höhleneingang her. Hinein traute sie sich nicht. Viele fürchteten sich vor der Magie der alten Kräuterfrau, die seit Anbeginn der Zeit, so schien es zumindest, in den Höhlen

im Hochland lebte. Und manche Eltern schürten diese Furcht noch und nutzten sie als Druckmittel gegen unfolgsame Húldukinder.

»Ich bin ja dabei!«, rief Kadlin. Sie hatte nie Angst vor Jorúnn gehabt. Aber sie wusste, dass viele Geschichten an den Herdfeuern kursierten. Im Hinauslaufen schnappte sie sich den Tiegel mit der frisch gerührten Brustsalbe. Ihre Finger rochen immer noch nach Kiefernnadeln und Lavendel. Sie hatte nicht verstanden, wieso sie diesmal weder Kampfer noch Minze verwenden sollte. Aber Jorúnn hatte eine Art sechsten Sinn, den sie nie infrage stellen würde. Woher hätte sie wissen können, dass Ulvi krank würde? Hühnersuppe und Brustsalbe waren die perfekten Mittel für die Kleine, so wie Sóley die Symptome beschrieb. Aber Menthol und Kampfer waren nichts für Kinder. Sie konnten allergisch darauf reagieren.

Hastig steckte sie noch die Rinde in ihre Ledertasche, die sie erst in der vergangenen Woche von den Wollweiden geschabt hatten. Die niedrigen Bäume wuchsen versteckt in windgeschützten Lagen im Þórsmörk-Tal. Zusammen mit Thymian und Salbei konnte sie einen fiebersenkenden und hustenstillenden Tee für Ulvi daraus kochen. Arme Kleine, sie war so zart.

»Jetzt komm doch endlich«, drängte Sóley von draußen.

Kadlin schulterte ihre Tasche, löschte die Kerze und rief der einäugigen Katze, die jeden ihrer Handgriffe vom Schaukelstuhl aus verfolgte, einen Abschiedsgruß zu. »Sag ihr, ich bin bald zurück, hörst du.«

Die Katze gähnte. Kaum, dass das Mädchen verschwunden war, sprang die Getigerte elegant von ihrem Aussichtsposten herunter. Sie streckte sich und lief in den rückwärtigen Teil der Höhle. Schnurrend strich sie der alten Frau, die sich aus dem Schatten löste, um den bodenlangen Wollrock. »Asenheil und Wanensegen«, murmelte die Alte, bückte sich ächzend und nahm die Katze auf den Arm. »Möge es also seinen Lauf nehmen.«

7. Lämmeralarm

Ich mache Kadlin Platz am Bett unserer Patientin. Das Mädchen ist schlank und drahtig, aber nicht so dünn wie ich. Kadlin trägt lange, gefütterte Hosen, um die ich sie beneide, und darüber einen Wollrock mit einem praktischen Schlitz fürs Reiten. Sie riecht nach Wald. Einen Moment lang schließe ich verträumt die Augen. Ihr Duft erinnert mich an zu Hause, an Kiefernwälder, Sonne und Frühlingslachen. Als ich sie wieder öffne, holt Kadlin verschiedene Behälter aus ihrer Schultertasche und schraubt den Deckel des ersten Tiegels ab. Sie schiebt Ulvis Leibchen hoch und verteilt die Salbe auf ihrer Brust. Der Geruch nach Nadelbäumen wird intensiver. Jetzt nehme ich auch Aromen von Lavendel und Thymian wahr. »Bist du heilkundig?«, frage ich sie.

Kadlin sieht mich flüchtig von der Seite an und bittet die Kleine, sich umzudrehen, damit sie ihr auch den Rücken einreiben kann.

Jorúnn bildet mich aus, erklärt sie knapp. *Ich habe noch viel zu lernen.*

Flóki kommt mit vier Tassen Tee zurück. Hinter ihm balanciert Jarle einen Teller mit geschmierten Broten, die Zunge schwer konzentriert zwischen die Zähne geklemmt.

Ich greife nach der ersten Tasse und will sie Ulvi geben. Was schwimmt denn da auf dem Tassengrund?

»Weidenrinde?«, frage ich erstaunt.

Kadlin sieht mein Stirnrunzeln. *Das ist fiebersenkend und –*

»… entzündungshemmend«, beende ich ihren Satz und strahle sie an. »Ich wusste nur nicht, dass es das hier gibt.« Begeistert nehme ich mir eins der Marmeladenbrote. Es schmeckt köstlich, und ich merke jetzt erst, wie hungrig ich bin.

Sie erwidert mein Lächeln. *Oh doch, es wachsen viele Flechten, Kräuter und Heilpflanzen hier, man muss nur wissen wo und wie man sie zubereitet.*

»Und Jorúnn bringt dir das alles bei?«, frage ich mit vollem Mund. Mein Herz schlägt schneller. »Meinst du, ich kann sie mal treffen? Ich möchte so viel wissen! Medizin interessiert mich sehr!«

Kadlin tauscht einen unsicheren Blick mit Flóki.

Er nickt. *Sie ist unsere Freundin, sie hat Ulvi gerettet. Jorúnn hat bestimmt nichts dagegen.*

Kadlins Nicken ist zögernder, aber das reicht mir. Strahlend nehme ich mir noch ein Brot.

Draußen verändert sich das Licht. Ich höre Drifa schnauben und erinnere mich ganz plötzlich, dass es ja noch ein Leben auf der anderen Seite dieser Wände gibt. Mein Zeitgefühl ist mir komplett abhandengekommen, darum schrecke ich jetzt umso heftiger hoch. »Wie spät ist es?«

Abend, gleich acht, schätze ich.

»Oh Gott. Ich muss nach Hause.« Unwillkürlich berühre ich mein geschundenes Ohr. »Das wird Ärger geben.« Dann erst fällt mir wieder ein, dass ich freihabe. Aber die Angst, mir die neu errungene Freiheit wieder zunichtezumachen, überwiegt.

Flóki und Kadlin sehen sich an. In seinem Blick liegt etwas Bittendes. Sie verzieht die Mundwinkel und runzelt unwillig die Stirn.

Súkkulaði, verspricht er und stößt sie kameradschaftlich mit dem Ellbogen an. Das Wort kenne ich: Es bedeutet Schokolade.

Kadlin nickt grinsend. *Komm,* wendet sie sich dann gut gelaunt an mich.

Ich habe keine Ahnung, wie sie es gemacht hat, aber ich bin kaum auf Drifas Rücken geklettert, da sind wir schon bei Ingvars Hof angekommen. Aufsteigen und Absteigen fühlen sich an wie eine einzige fließende Bewegung. Vielleicht bin ich auch nur während des Ritts so weggedriftet, dass ich mich nicht mehr an die Einzelheiten erinnern kann. Das muss es sein.

Müde reibe ich mir über die Augen. Dann streife ich Drifa die Trense ab und verabschiede mich von ihr mit einer Umarmung und ausgiebigem Streicheln. »Sie ist ein wunderbares Pferd«, erkläre ich Kadlin verlegen.

Das ist sie, gibt sie mir recht. *Aber wir haben nicht viel Zeit. Was musst du erledigen?*

»Heu holen, die Tiere füttern, tränken und ausmisten.«

Sie nickt ernst und kramt in ihrer Tasche herum. *Dann fang an.*

Mit diesen Worten lässt sie mich stehen.

Ich weiß nicht, was ich erwartet hatte, dass sie mir hilft vielleicht? Aber Kadlin tut nichts dergleichen. Während ich einen Sack hole und in die Scheune stapfe, um ihn mit trockenem Gras und Flechten für die Schafe und ihre Lämmer im Pferch zu füllen, steigt sie auf den Felshügel hinter dem Haus.

Ich bin kurz davor, ihr nachzurufen, dass sie dort nicht herumklettern soll, weil es ein Elfenort ist und das Unglück bringt.

Alle haben mir das immer wieder eingetrichtert, Ingvar, Andri, Hrafnhildur, sogar Thorbjörn. Da muss ich ein Schmunzeln unterdrücken. Wer, wenn nicht sie?

Einen Moment lang bleibe ich stehen und beobachte neugierig, was sie da oben tut. Hält sie nach jemandem Ausschau?

Kadlin hebt die Hände zum Himmel. Sie murmelt etwas und schließt die Augen, dann zerkrümelt sie etwas in ein Schälchen, das daraufhin zu rauchen beginnt. Ein dünnes Fähnchen schwebt nach oben, begleitet von ihrer leisen Stimme. Mir wird bewusst, dass sie betet, wenn auch auf eine ganz andere Art und Weise als die, die ich kenne. Beschämt wende ich mich ab und rupfe Raufutter von den nahe liegenden Hängen.

Ich wende mich an die alten Götter, um die Zeit für dich zu beugen, summt es in meinem Kopf. Der Satz verweht wie der Rauch. Ich kann ihn nicht halten, weil ich seine Bedeutung nicht verstehe. Aber das würde ich gern.

Die ganze Zeit, während ich Gräser und Flechten sammle, die Tiere füttere, Schafdung aus dem Pferch kratze und in einer windgeschützten Ecke zum Trocknen und Weiterverarbeiten ausbreite, das Wasser in den verschiedenen Bottichen wechsele und den Hühnern Körner hinstreue, diese ganze Zeit über bleibt sie mit zum Himmel gereckten Händen dort oben stehen und hält Zwiesprache mit denen, die noch unsichtbarer sind als sie selbst.

Unten stehen die Pferde mit gesenkten Köpfen, als ob sie mit ihr in Trance versunken sind. Selbst als ich ihnen einen Arm voll Heu vorlege, rühren sie sich nicht. Schließlich stelle ich mich neben die Tiere und tauche einen Moment in die vollkommene Stille ein. Nicht einmal den Wind kann ich hören. Ich stutze.

Das ist das erste Mal, seit ich hier bin, dass ich in diesem Land Windstille erlebe.

Fertig? Kadlins Frage reißt mich aus meiner Erstarrung. Sie steht neben mir. Ich habe sie weder kommen sehen noch gehört. Verdutzt nicke ich.

Dann gehe ich jetzt besser. Sie pfeift nach ihrem Falben und schwingt sich geschickt auf seinen Rücken.

Aus ihrer Nase sickert eine hauchdünne dunkelrote Spur.

»Du blutest«, rufe ich und fingere in meiner Jackentasche nach einem Stofffetzen, den ich als Taschentuch benutze.

Das ist in Ordnung. Sie lächelt bescheiden. *Die Götter haben mich erhört. Aber jetzt wird es Zeit für mich. Wir sehen uns, Weltenwanderin. Gib du lieber Acht, dass deine Wunde sich nicht entzündet.*

Sie nickt mit dem Kinn in Richtung meines verletzten Zeigefingers. Den hatte ich ganz vergessen. Jetzt puckert er wieder, rot und heiß. »Aber …?« Ich möchte noch so viele Fragen loswerden, doch sie hat ihr Pferd bereits gewendet und töltet zwischen den Hügeln davon.

»Danke!«, rufe ich ihr hinterher und pule vorsichtig ein paar Krümel Dreck aus dem Schnitt. Die Wunde hat wirklich schon mal besser ausgesehen.

Die Haustür öffnet sich, und Ingvar streckt den Kopf heraus. »Oh, du bist zurück. Gut. Das Abendessen ist gleich fertig. Mit wem redest du, mit dem Mond oder mit den Schafen?«

Er lacht dröhnend, aber ich bin viel zu gut gelaunt, um mich über seinen Spruch zu ärgern. Vielleicht hatten wir wirklich nur einen schlechten Start. Es kann alles noch gut werden.

»Mit dem Wind«, behaupte ich lächelnd und lege den Kopf in den Nacken. Es sieht aus, als ob der Himmel brennt. Die rasch dahinziehenden Wolken sind in rotgoldenes Licht getaucht. Wir haben zunehmenden Halbmond und ihm gegenüber steht die Sonne, knapp überm Horizont. Es kommt mir wie ein Zeichen vor, dass beide Himmelskörper zugleich am lodernden Firmament zu sehen sind. Wie zwei parallele Welten, die sich eigentlich nicht begegnen können – aber manchmal eben doch … Was ist das nur für ein magisches Land!

Summend betrete ich die Stube. Mein Blick fällt auf die Wanduhr. Sie zeigt zwei Minuten vor acht an. Einen Moment lang stutze ich ungläubig. Die Familie sitzt am Tisch. Die Großmutter stellt gerade einen dampfenden Emailletopf mit Kartoffeln ab. Sie müssten schon längst fertig sein mit dem Essen. Ich habe mich beeilt mit dem Versorgen der Tiere, und wir sind schnell geritten, aber …

Dann ergibt plötzlich alles einen Sinn. Kadlin hat die Zeit gebeugt! Für mich! Das ist … *Magie!* Ich grinse wie ein Honigkuchenpferd. Für mich, und für Schokolade. Ich werde versuchen, ihr noch ein Täfelchen zu organisieren, als Dank, dass sie mich dieser Jorúnn vorstellt – bald! Hoffentlich ganz bald! Ich kann es kaum erwarten.

Am nächsten Morgen reißt mich Hrafnhildur so früh aus dem Bett, dass ich das Gefühl habe, kaum geschlafen zu haben, und das ist gut möglich, denn ich habe lange wach gelegen und gezittert, als ich an die fiebernde Ulvi dachte und wie knapp das alles war. Ich habe von Jorúnn und dem Elfenhaus geträumt, von dem köstlichen Brot. Und von Flóki.

Mutsch würde staunen, wenn sie hören würde, dass ich nicht nur einem kleinen Mädchen im Fieberkrampf beigestanden habe, sondern dass es auch noch zu meinen unsichtbaren Freunden zählt. Und dass ich jetzt nicht nur einen, sondern viele davon habe. Es fühlt sich gut an, sehr gut sogar, ganz egal, was sie sagen wird. Und ich habe noch einen ganz anderen Kampf gewonnen, nämlich meinen eigenen!

»Sheep. Help«, brummt Hrafnhildur mürrisch. Sie atmet tief durch und zwingt sich zu einem »Please!«.

Wir sind auf einem guten Weg, denke ich fröhlich. Aber irgendetwas ist bei den Schafen nicht in Ordnung. Hrafnhildurs Unruhe steckt mich an. Sie lässt mir kaum Zeit, mich anzuziehen. Schnell soll es gehen, nicht einmal Zähne putzen darf ich.

Wir huschen in den Stall hinüber. Andri ist schon dort. Er sieht erschöpft aus. »Gut, dass du da bist. Wasch dir die Hände«, ordnet er an und zeigt auf eine Emailleschüssel mit Seife. Ein Handtuch liegt daneben.

»Was ist denn los?«, will ich wissen, während ich mich gehorsam abschrubbe. Mein Finger beginnt wieder zu bluten, aber darum kann ich mich jetzt nicht kümmern.

Mit dem Kopf zeigt er auf ein Schaf, das in diesem Augenblick erbärmlich zu blöken beginnt. Es wirkt unnatürlich aufgedunsen, und aus seinem Hinterteil hängt etwas heraus, das wie ein Stock aussieht. Ich atme scharf ein und sehe noch mal genauer hin. Nein. Kein Stock, natürlich nicht. Es ist ein Beinchen. Hier wird gerade ein Lamm geboren! Deswegen ist das Schaf nicht auf der Sommerweide in den Bergen, sondern mit den wenigen zu spät geborenen Lämmern und Flaschenkindern hiergeblieben. Und ich Stadtkind hatte geglaubt, es sei vielleicht zu alt oder würde als Amme benötigt und durfte deswegen nicht mit!

»Da stimmt was nicht. Es liegt falsch«, erklärt Andri. »Du musst es auf die Welt holen. Du hast schmale, kleine Finger. Ich würde es verletzen.«

»Aber …!« Das meinen die beiden nicht ernst, oder? Wie soll das denn gehen? Ich kann doch nicht einfach …! Mein Blick fliegt zu Hrafnhildur.

Mit ihrem Körper versperrt sie mir den Fluchtweg, und sie sieht nicht so aus, als ob sie mir Platz machen würde. »Please«, wiederholt sie eindringlich.

Mir ist plötzlich sehr flau im Magen. Wird das Islands Rache für meinen schönen Sonntag?

Das Schaf blökt wieder, dann hechelt es und verdreht die Augen. Das arme Ding scheint furchtbare Schmerzen zu leiden.

Ganz bestimmt würde ich niemals ein Tier im Stich lassen, aber … »Ich habe doch noch nie …! Ich weiß ja gar nicht, was ich tun muss!«, platzt es aus mir heraus. Die spinnen ja! »Ich bin doch keine Hebamme!«

Andri würgt mich ab. Er zieht mich einfach zu sich herunter, und ich knie mich notgedrungen neben ihn ins Stroh. Hrafnhildur hält das Schaf vorne am Kopf fest. »Ich erkläre es dir ganz genau. Du musst dich vorsichtig hineintasten«, sagt Andri und hält mir einen Topf mit Melkfett hin.

Hineintasten? Igitt! »Ich werde ganz bestimmt nicht …!« Meine Antwort geht im herzzerreißenden Blöken des armen Tierchens unter.

»Es stirbt, wenn du ihm nicht hilfst.« Andri sieht mich beschwörend an. »Meine Hände sind zu groß, und Oma hat Gicht.«

Zögernd fasse ich nach dem Beinchen des ungeborenen Lämmchens. Es ist bläulich und kühl und schleimig, aber da ist schon Fell dran, ganz zarte, lockige Wolle. Ich verziehe das Gesicht. Dann reibe ich meinen Arm mit der Schmiere ein und schließe die Augen. Ich will gar nicht sehen, was ich da tue.

»Was fühlst du?«, will Andri wissen.

Scherzkeks! Als ob irgendjemanden hier meine Gefühle interessieren würden. Dann begreife ich, dass er wissen will, wie das Lämmchen liegt. »Keine Ahnung«, sage ich wahrheitsgemäß und versuche, mir bildlich vorzustellen, wie das, was ich im Inneren des Mutterschafs blind berühre, zusammengehört.

Bei jeder Wehe wird mein Arm schmerzhaft zusammengequetscht. In den Pausen ertaste ich die drei übrigen Beinchen, den Körper und ein Köpfchen, das mir viel zu weit nach hinten überstreckt scheint. Aber wie soll das überhaupt alles sein? Wo ist oben und wo unten? Ich habe doch keine Ahnung von Geburtshilfe! Ganz zu schweigen von Geburtshilfe bei Schafen!

»Streng dich an!«, drängelt Andri.

»Ist ja gut!« So gut ich kann, beschreibe ich ihm das Puzzle aus Beinchen und nasser Wolle in wabbeliger Pelle.

»Du musst es zurückschieben und drehen«, kommentiert Andri, als ob er über einen rostigen Türriegel sprechen würde.

»Wie soll ich das denn machen?« Hilfe! Flóki! Seine Familie kennt sich mit Schafen aus, ich nicht! Ich fühle mich komplett überfordert. Mit der nächsten Wehe ziehe ich meinen schmerzenden Arm aus der dunklen Enge.

Hrafnhildur redet leise am Kopfende weiter auf das Mutterschaf ein und streichelt es. Dazwischen pampt sie Andri an, weil ich mich so blöd anstelle. Um das zu verstehen, genügt mein Anfänger-Isländisch.

Das Schaf liegt mit offenem Mäulchen hechelnd auf der Seite, ein Hinterbein weit in die Höhe gestreckt.

»Das Lamm kann in dieser Position nicht alleine raus«, sagt Andri eindringlich. »Wenn du ihm nicht hilfst, sterben beide.«

Ich schüttele den Kopf und starre auf meinen nassen Arm. Ich will das nicht hören. Ich kann das nicht! Mit glibberigen Fingern streichele ich das winzige Beinchen, das unverändert als einziges Körperteil aus dem Geburtskanal ragt. Es fühlt sich so schrecklich zerbrechlich an. Ich schaffe das nicht alleine!

Doch, das tust du! Ich bin bei dir.

Neben mir raschelt das Stroh. Es vibriert ganz sanft. Wieder habe ich das Gefühl, dass ich Elektrizität um mich herum wahrnehmen kann, es ist wie eine Veränderung des Luftwiderstands in einem Sommergewitter, kurz bevor in der Nähe ein Blitz einschlägt. Die Härchen an meinen Unterarmen stellen sich auf. Dann ist auf einmal Flóki an meiner Seite. Ich spüre ihn mehr, als dass ich ihn im Halbdunkel sehe.

Beruhigend legt er eine Hand auf die Flanke des Tieres. Das Schaf entspannt sich, und ich mich mit. Ich habe keine Ahnung, wo er herkommt, aber er ist da. Das ist alles, was zählt.

Alles wird gut.

So wie er es sagt, klingt es wie eine unumstößliche Tatsache und nicht wie ein billiger Trost. Ich bin ihm so dankbar, dass ich ihm heulend um den Hals fallen möchte. Ich will ihm das zumindest sagen und öffne den Mund. Aber Flóki signalisiert mir stumm, dass ich mir nichts anmerken lassen soll. Natürlich.

Seufzend nicke ich und greife in den Topf mit dem Melkfett.

Hrafnhildur atmet erleichtert auf. Nur Andri sieht mich skeptisch an, aber ich ignoriere seinen Blick.

Flóki leitet meine Hände. Es ist, als ob wir uns meinen Arm teilen, der nun wieder im Unterleib dieses armen Schafs steckt. Flóki führt meine Finger, taucht in mich hinein, spürt nach, schiebt, zieht, dreht, tastet durch mich hindurch.

Ich löse mich auf unter diesem elektrischen Flackern, das seine Präsenz in mir auslöst. Ich bin wie eine Marionette, stelle ihm meine kribbelnde Hand zur Verfügung, und er bewegt sie genau dorthin, wo sie offenbar sein muss. Ich habe keine Ahnung, was wir tun, aber nach unendlichen Minuten flutscht und glitscht mir das Lämmchen mit der nächsten Wehe direkt in den Schoß. Andri zieht es weg, reibt es trocken, befreit das winzige Näschen von Schleim und Schnodder. Das Mutterschaf stöhnt.

Ich starre auf meinen blauroten Arm, der kraftlos und schleimig auf meine Oberschenkel sinkt. Keine Ahnung, ob ich ihn je wieder gebrauchen kann, im Moment fühlt es sich so an, als ob mir das Mutterschaf sämtliche Knochen zu Brei gequetscht hat, und mit all der Schmiere sieht mein Arm auch ganz danach aus.

Ich bin froh, dass es hier drin dämmerig ist, denn ich möchte das alles gar nicht so genau sehen.

Flóki lacht glucksend und beugt sich über den Bauch des erschöpften Muttertieres, um es mit gurrenden Worten zu loben.

Das Kribbeln konzentriert sich jetzt auf meinen Bauch, als ob tausend Bienen ihre Flügel an meinen Magenwänden reiben.

Da ist noch eines, höre ich ihn aufgeregt wispern und wiederhole laut, was er mir vorsagt. »Dieses scheint richtig zu liegen.« Staunend beobachte ich die beiden Vorderbeine, die zuerst kommen, eins nach dem anderen, die Sohlen zeigen nach unten.

Das ist gut, flüstert Flóki mir in den hämmernden Kopf. *Du machst das gut, sehr gut!*

Als Nächstes sehe ich die kleine rosafarbene Ramsnase des Lämmchens, dann den Kopf, der auf den Vorderbeinchen liegt, und schon rutscht der Rest des kleinen Körpers hinterher. Ich brauche es nur noch aufzufangen. Diesmal helfe ich Andri, es von der Fruchthülle zu befreien und mit einem Strohwisch trocken zu reiben.

Die Mutter bemüht sich, auf die Beine zu kommen, aber sie fällt immer wieder um. Das ältere Lämmchen sucht bereits x-beinig nach dem Euter.

Hrafnhildur beruhigt die blökende Mama. Sie kommt mir sehr schwach vor, und ich fühle mich auch ziemlich wackelig. Das ist meine erste Lämmergeburt. Und dann gleich Zwillinge!

Behutsam schieben wir Lämmchen Nummer zwei an den Kopf der Mutter, und sofort beginnt sie ganz zärtlich, ihr Neugeborenes abzuschlecken.

Ich habe Tränen in den Augen. Dankbar drehe ich mich zu Flóki um, aber der ist verschwunden, als hätte er sich mal eben in Luft aufgelöst oder ich mir das alles nur eingebildet.

Stattdessen blicke ich in Andris misstrauische Miene. Er knurrt irgendetwas zu seiner Mutter, steht auf und geht. Das jüngere

Zwillingslämmchen lenkt mich ab und nuckelt an meinem Finger. »Hier wirst du kein Glück haben«, sage ich lächelnd und schiebe es in die richtige Richtung. Nur seine Mutter macht mir Sorgen. Sie kommt nicht auf die Beine, sondern lässt die Lämmchen im Liegen trinken.

Hrafnhildur scheint es ähnlich zu gehen. Stirnrunzelnd sieht sie mich an. Dann verlässt auch sie den Stall. Ich bleibe allein zurück, atme aus und grinse wie ein betrunkenes Honigkuchenpferd: das Wunder der Geburt und ich mittendrin. Mutsch würde staunen.

Plötzlich hockt Flóki wieder neben mir, ein Sträußchen mit Kräutern in der Hand. *Gib der Aue davon. Das hilft gegen den Blutverlust und die Erschöpfung. Ich hoffe, es gibt ihr Kraft. Aber sei nicht traurig, wenn …* Er bricht ab, und ich will auch gar nicht hören, was ihm auf der Zunge lag.

»Alles wird gut«, wiederhole ich, was er vorhin gesagt hat. Aber bei mir klingt es einfach nur bockig, als ob ich mich selbst anzulügen versuche.

»Willst du jetzt jedes Mal zu ihr hinüberlaufen, wenn etwas droht schiefzugehen?« Kadlin sah über den Rand ihrer dampfenden Teetasse zu Flóki. Sie saßen vor dem Haus auf der kleinen Holzbank. Das Fenster im ersten Stock war nur angelehnt, damit sie es hörten, wenn Ulvi unruhig würde. Die Kleine schlief allerdings tief und fest. Das Fieber war gesunken.

Ihr großer Bruder hob die Schultern. »Wenn es nötig ist«, meinte er und stierte in die Weite der hügeligen Lavafelder. »Das Mutterschaf sah nicht gut aus. Ich glaube, die Aue wird die Nacht nicht überstehen.«

»Das ist sehr traurig«, sagte Kadlin leise und legte ihm die Hand auf die Schulter. »Aber ihr habt alles gegeben. Mehr können wir nicht tun. Nicht einmal für unsere eigenen Tiere.«

Seine Augen schwammen in Tränen, als er sie ansah. »Sie hat mich gerufen, und ich konnte nichts weiter tun. Sie wird mir die Schuld geben.«

»Das ist Blödsinn, und du weißt das. Sie hat mit kranken Menschen gearbeitet. Es geht nicht immer gut, aber immer liegt es in der Hand der Götter zu entscheiden, ob eine Seele in dieser oder der Anderswelt verweilen soll. Es steht nicht uns zu. Sie weiß das.«

Er versuchte zu lächeln. »Du hast recht. Es ist nur …«

Kadlin unterbrach ihn. »Du brauchst mir nichts zu erklären und ihr nichts zu beweisen. Die Energie eurer Anziehung ist stark. Sie mag dich, und du magst sie. Jorúnn sagt, eure Pfade sind verknüpft. Hab Vertrauen.« Sie drückte seine Hand und umarmte ihn.

»Danke, dass du meine Freundin bist.«

Kadlin feixte und zwinkerte ihm zu, während sie aufstand und ihren Beutel mit Kräutern in die Satteltasche steckte. »Die beste! Aber lass das nicht Erla hören.« Sorgfältig kontrollierte sie ihren Sattelgurt und das Zaumzeug. Dann führte sie ihre Falbstute an einen größeren Stein, um ihn als Aufsteigehilfe zu benutzen. »Asenheil und Wanensegen«, wünschte sie Flóki. »Ich muss jetzt los, wenn ich bis heute Abend zurück bei Jorúnn sein will.«

Flóki nickte und sammelte die Teetassen ein. »Sei vorsichtig in den Bergen. Man hört seltsame Geschichten dieser Tage.«

Kadlin lachte. »Wir haben keine Angst vor Trollen. Aber ich werde deinen Rat beherzigen. Wir sehen uns!«

Flóki sah ihr noch nach, als ihre Silhouette bereits mit den Hügeln verschmolz. Sein Herz pochte. Ihre Pfade waren verknüpft, hatte Jorúnn gesagt.

8. Alte Verträge – neue Verträge

Irgendwie ist die Stimmung seltsam angespannt, seit wir die Lämmchen auf die Welt geholt haben. Es ist nicht wie vorher. Sie haben wirklich aufgehört, mich zu schikanieren, sie bemühen sich, nett zu sein – aber sie schleichen um mich herum, als ob ich ihnen unheimlich wäre, als ob sie Angst davor hätten, mich zu vergrätzen. Sie trauen mir definitiv nicht über den Weg.

Ganz komisch. Sie haben Mist gebaut, ja. Großen Mist. Aber wir haben einen Vertrag, und ich bin keine Petze. Ich kann nicht greifen, woran es liegt. Vielleicht habe ich mir auch einfach nur zu viel auf unser Gespräch eingebildet und fälschlicherweise angenommen, dass jetzt alles gut werden müsste, nach der Sache mit den Briefen und all dem, was danach passiert ist. Der Treibsand, Ulvis Fieberkrampf, die Lämmer – was mag als Nächstes passieren?

Die Atmosphäre auf dem Hof ist wie die Luft vor einem Gewitter. Die Frage ist nicht, ob es kommt, sondern wann. Also warte ich auf den Blitzeinschlag.

Der Tag kriecht dahin. Ich beschäftige mich im Gemüsegarten, zupfe Wolle, koche und kontrolliere alle paar Stunden im Stall, ob bei den Neugeborenen alles in Ordnung ist. Dazwischen stehle ich mich zu Drifa, grabe meine Finger in ihre Wuschelmähne und atme den Duft ihres Fells. Daraus schöpfe ich Kraft.

Ingvar ist nicht da, er ist am Nachmittag mit ein paar Männern zum Fischen aufs Meer gefahren und wird ein paar Tage weg sein. Andri schweigt mich an. Hrafnhildur spricht sowieso immer nur das Nötigste mit mir. Einzig der Großvater albert vergnügt beim Essen und kullert Brotkügelchen zu mir herüber.

Aber mir ist nicht nach Scherzen mit Thorbjörn zumute. Ich mache mir Sorgen um die Kleinen und ihre Mutter. Die Blutung hat so ziemlich aufgehört, aber das Schaf liegt immer noch viel. Es mag überhaupt nicht aufstehen, nur kurz und grade so, dass die Kleinen ein bisschen nuckeln können, und der Bauch fühlt sich komisch an, ganz wabbelig. Ich habe es Andri gezeigt, aber er hat sich nur bekreuzigt und den Kopf geschüttelt. Das finde ich nicht besonders hilfreich. Mir gefällt das überhaupt nicht, aber ich scheine die Einzige zu sein, die mit Kopf und Herz noch immer bei der morgendlichen Geburt ist. Ich habe die Wunde der Mutter mit einer Tinktur aus Wegerich betupft und gebe ihr natürlich weiter Flókis Kräuter. Zu Hause in Deutschland hätte ich Frauenmantel gepflückt. Oder Himbeerblätter. Und ich könnte Mutsch fragen!

Hrafnhildur hat kein offenes Ohr für mich. Gleichgültig stellt sie das Geschirr zusammen und wäscht ab. Sie will auch keine Hilfe von mir. Also packe ich mein Bündel und gehe.

Niemand hält mich auf, als ich mit meiner Daunendecke und einer großen Tasse Tee in den Stall umziehe. Ich habe beschlossen, die Nacht bei den Lämmchen und ihrer Mutter zu verbringen. Das ist allemal besser, als drinzubleiben, wo die Luft so dick ist, dass man sie beinahe schneiden könnte. Und das liegt nicht am Rauch des Torffeuers.

Ich kann nicht einschlafen. Die Sonne will nicht untergehen. Trotzig hält sie sich eine Handbreit überm Horizont. Aber daran liegt es nicht.

Ich grübele darüber nach, wieso das elektrische Bienenkribbeln so viel stärker wird, wenn Flóki in meine Nähe kommt, verglichen mit den anderen Unsichtbaren. Kadlin kommt mir in den Sinn, und ich frage mich, ob sie einfach nur mit Flóki befreundet ist oder ob sie einander versprochen sind, falls es so was gibt bei den Húldu. Und dann verdrehe ich die Augen, weil mich das interessiert. Ich habe ganz andere Probleme!

Was würde zum Beispiel helfen, falls sich die Bauchnabel der kleinen Lämmchen entzünden würden? Ich stehe noch mal auf und gehe barfuß zu der kleinen Buchte hinüber, wo die drei aneinandergekuschelt liegen und dösen. Das Mutterschaf sieht mich wachsam an, entspannt sich aber, als es mich erkennt. Ich teile eine weitere Portion von dem Kräutersträußchen ab und halte es ihm hin. Dankbar knabbert es ein wenig daran herum. »Tapferes Mädchen. Alles wird gut, wirst sehen. «Ich streichele ihm über den Kopf und lege mich wieder hin.

Die Nacht ist voller Geräusche. Von draußen aus dem Pferch dringt das leise Blöken der älteren Lämmer herein. Neben mir nuckeln die neugeborenen Zwillinge am Euter ihrer Mutter, die hin und wieder stöhnt.

Ich schlafe unruhig in dem ewigen Dämmerlicht und werde alle paar Stunden wach. Mein Finger schmerzt und pocht. Noch immer wird es kaum richtig dunkel. Andri sagt, dass es dafür im Winter fast gar nicht hell wird. Aber der viele Schnee würde das wettmachen. Na großartig! Ich bin gespannt, wie das aussieht!

Immerhin, wenn der blöde Fluss zugefroren ist, wird mich der nicht mehr davon abhalten, meine Mutsch zu sehen. Zumindest hoffe ich das.

Im Stroh raschelt es. Seufzend robbe ich unter meiner herrlich warmen Daunendecke hervor und gähne. Es fällt mir jedes Mal schwerer, mein Nest zu verlassen und gegen die Kälte der Nacht einzutauschen. Aber der Anblick in der Buchte entschädigt mich tausendfach dafür. Die Lämmchen stehen nuckelnd am Euter ihrer Heu fressenden Mutter und wedeln mit den kleinen Schwänzchen. Das Schaf ist aufgestanden, es kommt mir regelrecht fröhlich entgegen und blökt aufgeweckt, als ich ihm die letzte Portion meiner Kräuter hinhalte.

»Es geht dir besser«, fiepe ich glücklich. »Das grenzt ja an ein Wunder!« »Bäh!«, antwortet das Muttertier, und das klingt ausgesprochen zufrieden. Es reibt seinen Kopf an meiner Hand, und ich kraule ihm glücklich das Fell. »Gott, bin ich froh, dass du über den Berg bist! Morgen früh gehen wir frisches Gras suchen, was hältst du davon? Du brauchst jetzt schließlich ganz viel Kraft für deine Kleinen! Und alle drei braucht ihr einen Namen. Ich werde Ulvi und Jarle bitten, mir dabei zu helfen. Wie findest du das? Und zeichnen werde ich euch, ein Familienporträt!«

»Bäh!«

Ich nehme das als Ja und schlüpfe selig zurück in mein Heubett. Vergessen ist das puckernde Ziehen in meinem Finger, lächerlich!

Geweckt werde ich von einem fürchterlichen Geräusch. Im ersten Moment weiß ich gar nicht, wo ich bin. So tief habe ich lange nicht mehr geschlafen. Die Stalltür steht offen. Der Wind treibt einen eigenartigen Geruch herein, scharf und süßlich zugleich. Ich schnuppere noch einen Moment, bis mein Verstand die Bausteine zusammensetzt. Es riecht nach frischem Blut, und jetzt blöken scheinbar auch die neugeborenen Lämmer um ihr Leben.

Ohne weiter nachzudenken, schmeiße ich die Bettdecke von mir und springe auf.

Die Sonne scheint durch das kleine Stallfenster. Lieber Himmel, es muss schon nach sieben sein, wenn sie bereits so hoch steht. Mein Blick fliegt zu den Lämmchen. Die Zwillinge reißen die Mäulchen auf und schreien durch das geschlossene Gatter nach ihrer Mutter. Wo ist sie nur? Warum ist sie nicht hier, bei ihren Kindern?

In meinem Magen klumpt sich etwas zusammen, das so schwer ist wie zehn Wackersteine. Über den gestampften Lehmboden zieht sich eine dunkle Schleifspur hinaus. »Was ist passiert?«, brülle ich und renne barfuß los.

Draußen pralle ich beinahe in Hrafnhildur, die sich mit einem Messer über einen leblosen Berg Wolle beugt. »Hold«, brummt sie und nickt mit dem Kinn in Richtung der bleichen Klauen. »Please!«

Ich schüttele hysterisch den Kopf. »Nein. Was tust du? Was ist passiert? Das kann nicht sein! Es ging ihr doch gut?«

»Hold!«, schreit sie mich an, und unter Tränen fasse ich endlich zu und helfe ihr, das verendete Schaf auf einen schmalen Tisch zu wuchten. Die toten Beine sind kühl und labberig. Ich greife um, etwas höher hinauf, wo die Oberschenkel im dichten Fell verschwinden. Hier ist noch Wärme, aber kein Leben mehr. Das

Geräusch, als Hrafnhildur mit dem Messer den ersten Schnitt in die Bauchdecke setzt, ist einfach nur widerlich.

Mir ist speiübel, aber darauf nimmt niemand Rücksicht. Andri kommt mit zwei Eimern. Ich sehe nicht hin. Ich höre nur, wie warmes Innenleben hineinplatscht, und rieche süßsäuerliches Blut und Eiter.

Unter meinen Händen wird an dem armen Körper gedreht, geruckt und gezerrt. Dann löst Andri meine steifen Finger von dem Tier, um es im Türrahmen der Werkstatt aufzuhängen. Dabei wollte ich dem Schaf heute einen Namen geben. Ich übergebe mich hinter einen Busch.

Als ich wiederkomme, hat Andri das bereits abgezogene Fell auf dem Boden ausgebreitet. Wortlos drückt Hrafnhildur mir einen Spatel aus Rentierknochen in die Hand.

Mir fällt wieder ein, dass ich vor ein paar Wochen einmal fragte, wofür der benutzt wird. »Zum Gerben«, hieß es da. Das klang so harmlos. Jetzt bekomme ich gezeigt, wie ich damit auf allen vieren sämtliche Fett- und Fleischreste abschaben und wegschrubben soll. Auf nüchternen Magen. Und nebenan rufen die Lämmchen.

Ich möchte aufstehen und weglaufen. Irgendwohin, egal wohin, nur weg. Aber Abhauen ist keine Alternative. Zumindest nicht sofort: Jetzt, wo ihre Mutter tot ist, fühle ich mich den beiden Kleinen noch mehr verpflichtet. Immerhin habe ich geholfen, sie in diese grausame Welt zu bringen.

Wütend und traurig schrubbe ich über die rohe Tierhaut. Der Eitergeruch will nicht aus meiner Nase weichen. Ich hatte wirklich gedacht, es ginge dem Mutterschaf besser. Ein salziger Tropfen fällt auf meine Hand, dann noch einer. Ich sehe immer ihr liebes, erschöpftes Schafgesicht vor mir und wie sie ihren Kopf an meiner Hand reibt. Schniefend schaue ich mich um.

Hrafnhildur schiebt gerade einen neuen Eimer unter den nackten Schafskörper. Andri wühlt im Bauch herum. Schnell schaue ich wieder weg.

»Sie haben Hunger«, rufe ich zu Andri, als ich das beständige Rufen der Babys kaum noch ertrage. Mit dem Unterarm wische ich mir den Schweiß von der Stirn. Mein verletzter Finger brennt. Der Rücken tut mir außerdem weh. Die beiden beachten mich nicht.

Wütend werfe ich den Spatel auf das halb abgeschabte Fell. Ich stehe auf, gehe zum Spülstein und schrubbe mir die blutverschmierten Hände ab. »Ihr könnt mich alle mal«, murmele ich, schnappe mir eine der kleinen Nuckelflaschen vom Regal in der Küche und marschiere in den Pferch hinüber, um eins der anderen Schafe zu melken.

Als Hrafnhildur das sieht, gerät sie mit Andri darüber in Streit, ob sie mich machen lassen sollen oder nicht.

Ich habe keine Ahnung, worum es dabei genau geht. Ich weiß schon lange, wie man richtig melkt, die Tierchen haben Hunger, ich kann ihnen Milch bringen, wo ist das verdammte Problem?

Das scheint Andri ihr auch klarzumachen. Am Ende bekreuzigt sie sich verstohlen und lässt mich gewähren.

Wann werde ich endlich diese Leute verstehen? Von ›ich klaue deine Briefe‹ über ›ich nähe dir ein Kleid‹ bis ›ich rede gar nicht mehr mit dir‹ ist es ein einziges Wechselbad der Gefühle und ein fliegender Wechsel noch dazu. Was stimmt nur nicht mit denen?

Und wozu will ich eigentlich noch ihre Sprache lernen? Ich kann hier nicht sein. Es geht einfach nicht.

»Ich werde höchstens noch bleiben, bis die Lämmchen alt genug sind«, verspreche ich mir und dem Schaf, das ich gerade melke, und klopfe ihm zärtlich den wolligen Rücken. Mein Fläschchen ist voll. »Danke für deine Milch.«

Als ich mich umdrehe und damit in den Stall gehen will, pralle ich beinahe in Andri hinein. »Mit wem hast du geredet?«, will er wissen.

»Mit dem Schaf«, gebe ich patzig zurück.

Einen Moment lang glotzt er mich nur an, bevor er den Weg freigibt. »Großmutter sagt, du hast das Schaf verhext. Stimmt das?«

»Spinnst du?«, frage ich ihn und will mich vorbeischieben, aber er packt mein Handgelenk.

»Ich brauche nur zu sagen, dass du es getan hast, dass du schuld bist an seinem Tod, und sie jagt dich vom Hof.«

»Willst du mir drohen?«, frage ich völlig überrumpelt.

»Und wenn?« Er zögert kurz. »Was willst du dagegen tun?« Erst will er mich einschüchtern, jetzt wirkt er wieder so, als ob er Angst vor mir hat. Knallen denn hier allmählich alle durch?

»Sobald der Fluss frei ist, gehe ich sowieso zu meiner Mutter! Du kannst erzählen, was du willst. Es ist mir egal!«

»Niemand in Island will jemanden haben, der sich mit dem Versteckten Volk anlegt.«

»Dann leg du dich besser nicht mit mir an!« Ich reiße mich los.

Jetzt ist er es, der überrascht guckt. »Da ist Eiter an deinem Finger«, sagt er ganz sachlich.

Verblüfft stelle ich fest, dass er recht hat. Kein Wunder, dass der so ekelhaft schmerzt.

»Warum würdest du so etwas Bescheuertes behaupten wollen?«, hake ich nach und versuche, die Flüssigkeit herauszudrücken, aber das lasse ich gleich wieder. Es tut höllisch weh. Ich brauche Alkohol, um den Schnitt zu desinfizieren.

Andri weicht meinem Blick aus. »Bring ein Elfenmädchen mit. Zum Tanz am nächsten Sonntag.«

Ich schnappe nach Luft. Dann muss ich mich beherrschen, nicht den Hühnern Konkurrenz zu machen und in hysterisches Gackern auszubrechen. Meint er das tatsächlich ernst? Seine Miene sieht ganz danach aus. Das gibt's doch nicht! »Du willst, dass ich dich verkuppele? Mit –?«

Andri nickt.

Ich komme aus dem Staunen nicht mehr heraus. »Aber du kannst sie ja nicht einmal sehen!? Das funktioniert so nicht!«

Sein Gesichtsausdruck schaltet von hoffnungsvoll zurück auf angriffslustig. »Dann geh du mit mir.«

»Ich glaub, mein Schwein pfeift«, murmele ich auf Deutsch und schiebe mich an ihm vorbei. »Die Milch wird kalt. Ich muss jetzt zu den Lämmchen. Es sei denn, ihr wollt noch mehr tote Schafe auf dem Hof haben heute.«

Ich spüre seinen Blick in meinem Nacken und sehe aus den Augenwinkeln, wie er seine blutverkrusteten Fäuste ballt. Aber er dreht sich um und geht weg. Ich höre, wie seine Schritte sich entfernen. Erleichtert lasse ich die Schultern fallen und atme aus. Dann betrachte ich noch einmal meinen Finger. »Du musst kurz warten, die Kleinen gehen vor.«

»Spinner«, erzähle ich den Lämmchen, als ich mich zu ihnen ins Stroh knie. »Bäh!«, stimmen mir die beiden zu. Was sollen sie auch sonst sagen. Immerhin haben sie einen gesunden Appetit.

Zuerst können sie mit dem in Milch getränkten Stofffetzen, der als Sauger dient, nichts anfangen. Aber als ich den Stoff von der Flasche löse und meinen gesunden Zeigefinger damit umwickele, fängt das Erste direkt an zu nuckeln, und sein Schwesterchen hat den Bogen dann auch gleich raus. Sie sehen zu niedlich aus, wie sie mit ihren Schwänzchen wackeln und um mich herum ungeduldige Bocksprünge vollführen, weil ich ja immer nur eines zur Zeit füttern kann.

Ein paar Mal muss ich laut kichern. Ich bleibe noch eine Weile bei ihnen sitzen, bis sie eng aneinandergekuschelt eingeschlafen sind. Die beiden tun mir unendlich leid. Seine Mutter zu verlieren ist schrecklich. Ich muss Andri fragen, ob wir nicht eine Latte aus dem Zaun entfernen können, sodass sie mit den älteren Lämmern Kontakt haben, wenn sie stabil genug sind.

Im Hintergrund drückt sich Hrafnhildur herum. Ich kann nicht genau einschätzen, ob sie mich kontrollieren oder ebenfalls nach den Lämmchen sehen will. Sie kratzt irgendetwas in die Stallwand. Als sie merkt, dass ich sie beobachte, zieht sie sich schnell zurück.

Mein Magen knurrt. In all der Aufregung habe ich überhaupt nicht ans Frühstücken gedacht. Allmählich dürfte es eher Zeit fürs Mittagessen sein, also gehe ich ins Haus, um alles vorzubereiten und die Nuckelflasche auszuspülen. Doch zu meiner Überraschung steht Hrafnhildur bereits am Herd und kocht. Ich will mich nützlich machen und wenigstens Kartoffeln schälen, aber sie lehnt schon wieder jede Hilfe ab und scheucht mich weg.

Selbst als ich mir die Flasche Schnaps aus dem Regal greife und damit großzügig erst meinen Finger und dann ein sauberes Stückchen Stoff begieße, lässt sie mich ohne Widerworte gewähren. Immerhin die Teller aufdecken darf ich nach einigem Hin und Her.

Es gibt eine dampfende Suppe mit Innereien und dazu etwas, das wie Blutpudding aussieht. Ich verzichte dankend und nehme mir nur einen Kanten Brot mit einem Stück Käse und etwas Skyr.

Wir essen schweigend. Es ist, als ob sich niemand etwas zu sagen hätte, wenn Ingvar nicht hier ist. Vielleicht hat den anderen das tote Muttertier aber doch auch mehr zugesetzt, als ich es ihnen zugetraut hätte.

»Ich werde ein paar Tage bei den Lämmchen schlafen«, verkünde ich in die Stille bei Tisch, die nur durch Thorbjörns beständiges Schlürfen unterbrochen wird. Er ist der Einzige, der überhaupt auf meine Worte reagiert, egal ob er sie versteht oder nicht. Immerhin nickt er mir freundlich zu und keckert dabei in sich hinein.

Mein Blick bleibt an der Durchgangstür hinter ihm hängen. Die Dekoration auf dem Rahmen ist mir neu. Da prangen auf einmal noch so ein paar komische Symbole, wie ich sie vorhin schon in der Stallwand entdeckt habe.

Ich sehe mich um und finde dieselben Kritzeleien über dem Herd und den Fenstern – eigentlich in jeder erreichbaren Ecke des Hauses. Es sind eine Art Buchstaben, mit Kohle gezeichnet, fast wie die Segenszeichen, die in katholischen Gegenden bei uns zu Hause am Dreikönigstag über die Eingangstür geschrieben werden.

Irgendetwas sagt mir, dass das mit Hrafnhildurs komischem Verhalten, mit Andris Drohversuchen und mir zu tun hat. Alberner Aberglaube! Aber was sie zu bedeuten haben, wüsste ich schon gern. Vor allem, als ich später auch an der Wand über meinem Bett die gleichen sonderbaren Zeichen finde.

Mein nie kleiner werdender Wollberg zum Kämmen und Verspinnen ist weggeräumt. Anscheinend soll ich da erst mal nicht weitermachen. Nicht, dass ich mich darum reißen würde, aber es wird zunehmend seltsamer.

»Ich gehe ausmisten«, sage ich und stehe auf.

»Ist schon erledigt«, behauptet Andri.

»Auch gut, dann hole ich Heu aus der Scheune.«

»Wir haben noch genug da.«

Ich runzele die Stirn. »Was soll ich dann tun? Mit dem Großvater spazieren gehen?«

Andri wechselt ein paar Worte mit Hrafnhildur. Sie reißt kurz die Augen auf, hält aber hartnackig den Blick von mir abgewendet und stellt eine Spur lauter als nötig die Teller zusammen. Ist das ein Wink mit dem Zaunpfahl?

»Ich kann auch erst abwaschen«, biete ich an. Aber Hrafnhildur macht eine wegwerfende Bewegung und zwingt ihre runzeligen Gesichtszüge in so was wie ein Lächeln.

»Du bist verletzt. Schone deinen Finger«, übersetzt Andri zuvorkommend.

Von mir aus. Wer nicht will, der hat schon.

Thorbjörn schiebt seinen Stuhl zurück, ignoriert, dass seine Frau ihn zurückhalten will, und steht fröhlich winkend auf. Immerhin einer in dieser Familie, der gern mit mir zusammen ist.

»Dann ist das also beschlossen«, stelle ich fest. »Wie oft brauchen die Lämmchen Milch? Alle zwei Stunden? Nur, damit wir nicht zu lange fort sind.«

Andri tuschelt wieder mit seiner Großmutter. Sie überschüttet ihn mit einem unverständlichen Wortschwall. Ich verstehe immerhin so viel, dass sie meinen Bemühungen um die Waisenkinder keinen großen Erfolg beimisst.

»Sie will sie nicht haben«, übersetzt Andri geradeheraus. Jetzt, wo sein Vater nicht da ist, spielt es anscheinend keine Rolle, dass er Englisch mit mir spricht. »Ich werde sie schlachten, wenn du weg bist.« Er betont das so, als ob diese ›Rücksichtnahme‹ ein Riesengeschenk an mich wäre.

»Das wirst du nicht!«, rufe ich empört. »Es geht ihnen gut, ich kann sie durchbringen. Lasst es mich doch wenigstens versuchen!«

»Wie bei dem Muttertier, der Aue? Wenn *du* dich um sie kümmerst, werden sie ohnehin sterben, sagt Großmutter. Und wahrscheinlich verdirbt das Fleisch noch dazu. Du hast nämlich den Bösen Blick.«

»Ich habe WAS?«

Andri schluckt trocken, als ich ihn anfunkele. Seine Hand zittert leicht, als er zur Tasse greift, um einen Schluck Milch zu trinken. Mein Blick fliegt weiter zu Hrafnhildur, die betreten in ihre Suppe stiert. In diesem Augenblick würde ich mir tatsächlich Hexenkräfte wünschen. Daher weht der Wind! Deswegen will sie nicht, dass ich mich ums Essen oder um die Vorräte kümmere! Und ich dumme Gans dachte, das wäre einfach nur nett gemeint gewesen – als Entschuldigung. Als Wiedergutmachung für alles, was war!

Ich werfe einen Seitenblick auf Thorbjörn. Entweder, sie hält ihn für resistent, oder sie versucht, ihren Mann ganz elegant durch meinen vermeintlichen mörderischen Einfluss loszuwerden. Versuchen kann man's ja mal.

Ich könnte platzen. Was für ein Unsinn. Aber wie soll ich ihr das ausreden? Schwierig. Oder soll ich es bleiben lassen?

Natürlich muss ich es versuchen, ich bin harmlos, genau wie die Lämmchen! Andererseits – wenn sie mir glaubt, würde das dann nicht dazu führen, dass die beiden sogar früher als später im Topf landen? Vielleicht ist es gar nicht schlecht, wenn ich auf diese Art noch ein bisschen mehr Respekt bekomme.

Ich trete die Flucht nach vorn an: »Sag ihr, wenn sie die Lämmer anrührt, kann ich für nichts garantieren. Ich bin nicht böse, aber ich bin gut befreundet mit den Unsichtbaren. Und ihr solltet euch wirklich gut mit mir stellen. Ihre Magie ist groß.« Ich mache eine ausladende Handbewegung und sehe Hrafnhildur grimmig in die Augen, während ich weiter mit Andri rede. »Übersetz das für mich, aber sprich langsam, Wort für Wort, damit ich mir sicher sein kann, dass du es richtig machst.«

Andri schweigt.

Als ich ihn ansehe, zuckt er nervös mit den Lidern, dann fängt er endlich an zu sprechen. Soweit ich ihm folgen kann, hält er sich an meine Anweisung. Ob ich diese Sprache jemals werde sprechen können, weiß ich nicht, aber verstehen kann ich inzwischen schon ganz schön viel.

Hrafnhildur nickt langsam, und ich atme aus. »Gut. Spätestens nach dem Schafabtrieb gehe ich. Ihr müsst mir keinen Lohn auszahlen. Stattdessen hätte ich gern die Lämmchen und Drifa.

Ist das in Ordnung?« Heute ist der fünfte Juli. Schafabtrieb ist Anfang September. Zwei Monate werde ich es wohl noch aushalten. Ich kann weiter gutes Geld verdienen, und bis dahin sind die Kleinen alt genug, um sie mitzunehmen. Und die Furt ist dann hoffentlich auch wieder passierbar.

Andri starrt mich mit großen Augen an. »Das sollten wir mit Ingvar besprechen, wenn er wieder …«

»Ich will JETZT euer Wort, dass die Lämmer am Leben bleiben«, brause ich auf. »Die Details können wir später besprechen.«

Gehorsam übersetzt Andri. Hrafnhildur nickt.

»Ich erledige meine Arbeit so wie immer«, setze ich in ruhigerem Ton hinterher. »Wenn sich alle an die Abmachung halten, ist alles gut.«

Hrafnhildur nickt wieder.

Ich strecke ihr die Hand hin. Es kostet sie sichtlich Überwindung, aber schließlich schlägt sie ein.

Mein Blick fliegt zu Andri. Seine Kiefermuskeln arbeiten, als ob er versucht, einen Knochen durchzubeißen. Hrafnhildur bekreuzigt sich heimlich.

»Dann ist das geklärt. Komm, Großvater«, sage ich leise und reiche Thorbjörn meinen Arm. An ihm scheint mein kleines Gewitter unbemerkt vorübergezogen zu sein. Die Blicke der beiden anderen brennen jedoch noch in meinem Nacken, als ich die Tür längst hinter uns zugezogen habe.

Thorbjörn zieht mich gut gelaunt in die Werkstatt. Ich will nicht dort hinein, wo noch immer das abgezogene und ausgeweidete Schaf hängt, zum Ausbluten und damit das Fleisch zart wird. Ich weiß nicht, ob ich je wieder welches essen möchte. Aber der alte Mann duldet keinen Widerspruch, und er ist erstaunlich kräftig für sein Alter.

Er drückt mich auf den Hackklotz und fängt an, in Schubladen zu kramen. Schließlich findet er offenbar, was er gesucht hat. Strahlend hält er mir ein Stück Rentierhorn hin.

»Was soll ich damit?«, frage ich verdutzt und lasse es zu, dass er mich am Pulloverärmel zur Werkbank zieht.

Auf einmal setzt das Kribbeln wieder ein, und dann steht Flóki neben mir.

Runen, erklärt er grinsend, weil ich total erschrocken zurückpralle und dabei fast die Petroleumlampe vom Tisch fege.

Gelassen fängt er sie auf. *Jorúnn sagt, es wird Zeit, dass du deine eigenen besitzt.*

Jorúnn betrachtete den Stein in ihrer Hand. Er schimmerte milchig grün, als hätte er ein geheimnisvolles Licht in seinem Inneren. Ein Nordlicht, vielleicht auch den Nordstern selbst, vor unwissenden Blicken verborgen hinter einem Schleier aus Wolken. Sie drückte ihn an ihr Herz und seufzte. Ihr Blick verlor sich im Unbestimmten, überbrückte Raum und Zeit, und ihre Seele reiste zurück, fast zweihundert Jahre, die vergangen waren wie ein Wimpernschlag. Sie hatte es damals nicht aufhalten können, und sie würde es auch diesmal nicht können. Was geschehen sollte, würde geschehen.

Die Nornen webten die Schicksalsfäden der Menschen, nicht sie und niemand sonst. Sie hatte einen Eid geschworen. Damals. Und sie hatte ihn erneuert vor dem Rat. Vor dem Althing, der heiligen Zusammenkunft der Goden, die im Land Recht sprachen. Sie würde ihn niemals wieder brechen. Die Dinge würden ihren Lauf nehmen. Es hatte bereits begonnen. Aber sie konnte Erla mit Wissen ausstatten. Ihr mehr Macht geben, als sie besessen hatte. Es würde ihr Kraft geben, wenn sie es brauchte. Um all das durchzustehen, was vor ihr lag. Der Stein pulsierte und strömte sanfte Wärme aus wie ein lebendiges, seelenvolles Wesen. Und das war er auch. Er war seine Essenz. Sein Kern. Seine Liebe. Alles, was ihr von ihm geblieben war.

Ungeduldig wischte sie sich eine Träne aus dem wässrigen Auge. »Man wird alt wie eine Schildkröte und bleibt doch sentimental wie ein Backfisch«, machte sie sich der Katze gegenüber Luft.

Die Einäugige reckte sich, sprang von ihrem Schlafplatz auf dem Schaukelstuhl und strich schnurrend um Jorúnns Beine.

»Ist ja gut. Du hast recht wie immer. Alles hat seine Zeit. Und jetzt ist diese angebrochen. Also, gehen wir es an.« Sie streckte den gebeugten Rücken und rief nach Kadlin, die vor der Höhle in der Sonne saß, getrocknete Kräuter mörserte und zu Pulver für Salben zerstieß.

»Geh zu Flóki für mich«, bat sie das Mädchen. »Thorbjörn soll Erla zeigen, wie man Runen schnitzt. Das wird sie interessieren. Sag ihm das von mir.«

»Und die Kräuter?«, fragte Kadlin schüchtern.

Jorúnn zog die Augenbrauen hoch. »Was ist damit? Sie sind getrocknet und laufen dir nicht weg.«

»Nein, ich dachte … ich glaube, Erla wollte gern …«

»Wenn sie wüsste, was sie will, wäre vieles einfacher zu dieser Zeit, mein Kind.« Der harsche Ton, in dem sie das gesagt hatte, tat ihr gleich wieder leid. Sie zwang sich, tief in den Bauch zu atmen. »Eins nach dem anderen«, sagte sie ruhiger und lächelte. »Thorbjörn wird die Aufgabe guttun.«

Kadlin neigte bescheiden den Kopf und wandte sich zum Gehen.

»Warte, Engelchen.« Jorúnn griff in ihre Rocktasche. Ihre Finger spielten mit einer Silbermünze. Erlas Lohn würde nicht genügen, um Drifa freizukaufen, bevor der Sommer um war.

»Großmutter?« Kadlin hielt inne.

Jorúnn ließ das Geldstück los und schüttelte den Kopf. Sie sollte die Götter nicht reizen. »Nein. Es ist nichts. Nimm dir ein Töpfchen von der Huflattichbutter für Ulvi. Und richte Grüße aus an Flóki und seine Familie.«

9. Am Brunnen vor dem Tore

Runen sind ein uraltes nordisches Alphabet, lerne ich. Vierundzwanzig Buchstaben, die so sonderbare Namen tragen wie Ingvaz und Fehu. Aber man sagt ihnen auch eine magische Wirkung nach. Sie werden als Orakel benutzt, zum Beispiel um die Zukunft vorherzusagen oder um Schutz zu beschwören. Und um den bösen Blick abzuwenden. Ich verziehe die Mundwinkel zu einem bitteren Grinsen. Ich habe die Zeichen wiedererkannt, die Hrafnhildur in die Stallwände und über mein Bett gekratzt hat. Offensichtlich sollten sie alle Hofbewohner vor mir schützen. Damit ich sie nicht verhexe... Genervt verdrehe ich die Augen.

Isländer. Gehen brav jeden Sonntag in die Kirche, aber tief innendrin sind sie immer noch Heiden, die an Odin und Thor und Magie glauben.

Flóki grinst mich an und bewirft mich spielerisch mit einer Beere aus unserem Proviant. *Und du? Glaubst du nicht an Magie?*

Nachdem wir in der Werkstatt fertig waren, sind wir ans Meer geritten, an einen Abschnitt, den ich noch nicht kannte. Über Hügel und Felder aus erkalteter Lava, vorbei an Wasserfällen, durch Bäche und saftige Wiesen. Jetzt lümmeln wir windgeschützt auf einem Felsen mit Blick auf die Küste. Der Sand ist schwarz und glitzert in der Sonne. Zu unseren Füßen grasen die Pferde und über uns kreischen Möwen. Der Wind treibt die salzige Luft zu uns herauf. Ich genieße den sonnendurchwärmten

Stein in meinem Rücken. »Du meinst, abgesehen davon, dass du offensichtlich meine Gedanken lesen kannst?«

Er lacht. *Das ist keine Magie. Das ist einfach nur Übung. Das kann jeder lernen.*

»Und die Sache mit der Zeit? Das, was Kadlin kann? Ist das auch erlernbar?«

Flóki legt den Kopf schief und wird plötzlich ernst. Nachdenklich sieht er in die Weite des eisigen Atlantiks hinaus. *Wir alle haben unterschiedliche Gaben.*

Ich zögere. »Ich weiß zu wenig darüber«, gestehe ich schließlich und betrachte nachdenklich den verzierten Lederbeutel, den Flóki mir geschenkt hat. Mit dem Daumen streiche ich vorsichtig über meine linke Zeigefingerkuppe. Sie tut immer noch ein bisschen weh. Jetzt habe ich schon zwei verletzte Finger, und der hier war sogar Absicht.

Verstohlen sehe ich ihn von der Seite an. »War das wirklich notwendig, meine Fingerkuppe als Tintenfass zu verwenden?«

Er lacht wieder. *Du weißt wirklich wenig über Magie. Das musste sein. Damit es wirklich deine Runen sind. Damit sie wirken.*

»Was weißt *du* darüber?« Neugierig setze ich mich auf.

Er zuckt mit den Achseln. *Auch nicht viel mehr als du. Es ist eine Kunst und ein Geheimnis, mit ihnen zu arbeiten. Ich kenne ihre Bedeutung, und ich vertraue auf ihre Kraft. Aber ihre wahre Macht entfalten sie am besten in den Händen von Schamanen und Heilkundigen wie Großmutter Jorúnn. Wenn sie sagt, dass die Runen dich rufen, dann …*

Aufgeregt unterbreche ich ihn. »Ist sie wirklich deine Großmutter? Wann kann ich sie kennenlernen? Sie weiß so viel über

Kräuter, die Mischung, die Kadlin für Ulvi dabeihatte … Vielleicht kann ich bei ihr in die Lehre gehen?«

Flóki sieht mich erstaunt an. *Sie hat bereits eine Schülerin. Sie bildet Kadlin aus. Und nein, sie ist nicht die Mutter meiner Mutter oder meines Vaters, wenn du das meinst. Sie war schon immer da. Und wir verehren sie sehr.*

Fettnapf! Ganz toll, Erla! »Oh, nein. Ich meinte nicht, dass… tut mir leid. Ich will Kadlin doch nichts wegnehmen! Das war unbedacht von mir. Ich wusste nicht, dass Jorúnn immer nur ein Mädchen zur gleichen Zeit ausbildet.« Es wäre ja auch zu schön gewesen, eine neue Stelle zu haben, füge ich in Gedanken hinzu.

Schon gut, beantwortet Flóki meine unausgesprochene Frage und hoffentlich nur die. Ich werde rot.

Lässig schnippt er ein kleines Lavabröckchen von den Felsen. Seine Stute spitzt kurz ein Ohr und dreht es in die Richtung, in die es davongesprungen ist, aber sie hört nicht auf zu fressen.

»Kannst du mich noch einmal abfragen? Aber dann muss ich los. Die Lämmchen haben bestimmt schon Hunger.« Ich schüttele das Beutelchen mit den vierundzwanzig kleinen runden Hornscheiben, die ich unter Thorbjörns und Flókis Aufsicht ganz allein gesägt, gefeilt und beschriftet habe.

Am Abend sinke ich zufrieden in mein Behelfsbett im Schafstall. Zum ersten Mal seit sehr langer Zeit fühle ich mich beinahe glücklich. Ich habe Freunde. Zwei Lämmer. Drifa. Und eine Perspektive.

Nachdenklich betrachte ich noch einmal die Runen und ihre rotbraune Gravur aus getrocknetem Blut. Dann lasse ich sie in den kleinen Lederbeutel zurückgleiten, hole mein Schreibzeug aus einer kleinen Nische in der Stallwand und beginne einen neuen Brief an Mutsch, in dem ich ihr von meinen ersten eigenen Lämmern erzähle, von deren dramatischer Geburt und von meinem erneuten Sieg gegen die strenge Hrafnhildur. Dass ich einen Freund im Großvater bekommen habe, der mich in alte Gebräuche einführt und mir viel über Pferde und Reiten beibringt. Dass ich auch Drifa gern mitbringen möchte, wenn ich sie abgearbeitet habe. Und dass sie sich keine Sorgen mehr um mich zu machen braucht – weil ich starke Freunde gefunden habe, und dass ich mich von Herzen auf ihren Besuch freue. Zum ersten Mal habe ich wirklich das Gefühl, dass nun alles gut wird. Je mehr ich schreibe, desto wärmer wird mir ums Herz und bis in die Fußspitzen.

Die Zeilen verschwimmen vor meinen Augen. Mir ist heiß. So heiß, dass ich das Federbett zur Seite schubse und die kühle, helle Nachtluft an meine Beine lasse. Das tut gut, aber ich habe Durst. »Ich bin gleich wieder da«, verspreche ich den Lämmern, die eng aneinandergekuschelt in einem Berg aus Stroh schlafen. Ihre kleinen Mäulchen bewegen sich im Traum. Wahrscheinlich geht es darin um Ströme aus Milch. Mein Mund und meine Kehle sind dagegen ganz ausgetrocknet. Als ich aufstehe, fällt der Beutel mit den Runen herunter. Ich hebe ihn auf, und ohne weiter darüber nachzudenken, nehme ich ihn mit.

An dem kleinen Holzgatter hangele ich mich in die Senkrechte und tapse mit unsicheren Schritten nach draußen. Ein Schluck kühles Wasser aus dem Brunnen ist jetzt genau das Richtige. Ich kneife die Lider zusammen. Vor meinen Augen verschwimmt alles. Was ist denn nur los mit mir? Das Nachthemd klebt an meinem

Rücken. Ich wische mir Schweiß von der Stirn. Mein verletzter Finger pulsiert. Nicht der, an dem ich mich für die Runen gestochen habe, sondern die alte Schnittwunde. Die war doch endlich am Heilen? Aber jetzt durchzuckt mich rasender Schmerz, wenn ich nur in die Nähe komme. Sie suppt wieder und fühlt sich kochend heiß an.

Ich konzentriere mich darauf, den Blick scharf zu stellen, während ich schwankend Halt an der Stallwand suche. Im Mondlicht entdecke ich eine feine rosafarbene Linie, wie mit Kreide gemalt, die sich an der Innenseite meines Unterarms aufwärts Richtung Schulter zieht.

»Das sieht ja aus wie eine Blutvergiftung?!«, murmele ich und streiche mit der Hand darüber. Aua, tut das weh! Dann wird mir schwarz vor Augen, und ich drifte in ein formloses Nichts.

Ich habe einen seltsamen Traum. Andris Gesicht ist über mir, und da ist noch ein anderes. Kadlin? Flóki? Besorgt sehen sie mich an. Starke Arme greifen nach mir, heben mich hoch. Mir ist kalt, so kalt. Ich friere. Doch gleich darauf wird mir wieder heiß. So heiß. Ich schlage um mich, will die Decken nicht haben, in die sie mich einwickeln, und ich halte meine Runen fest, ganz fest.

Stimmen wispern. Was sagen sie?

Ich höre Wasser. Es tropft. Benetzt meine Lippen. Aber das trinke ich nicht! Schlage den Becher fort. Vergiftet! Wehe!

Ich kann nichts sehen. Um mich ist Nebel. Oder Rauch? Ich wehre mich. Dann nicht mehr. Sie tragen mich fort.

Es duftet nach Pferd. Ich höre Hufe trappeln, spüre den Rhythmus unter mir, gut. Das fühlt sich sicher an: getragen werden.

»Drifa«, murmele ich. »Schhh!«, kommt es leise zurück.

Die Gerüche wechseln. Es wird dunkel, riecht nach Schnee und Moos. Nach feuchtem Stein. Und Fackeln. Schwefel. Lava. Vor meinen Augen nur Schwarz, und es macht mir nichts aus. Endlich dunkel in diesem ewigen Hell. Gemurmel in einer uralten Sprache plätschert wie ein fließender Bach vorüber. Gesänge. Gebete. Für mich?

Die Berge atmen. Feuer und Eis. Wo die Haut der Erde so dünn ist wie hier, da sind viele Grenzen fließend. Der Wind trägt ihre Lieder mit sich fort. Das Huftrappeln endet. Wieder sind da Hände. Die nach mir greifen, mich ängstigen. Eine warme Hand legt sich auf meine Stirn, und wieder dämmere ich weg. Weit weg in Raum und Zeit.

Hitze und Schwefel steigen zu mir auf.

In der Tiefe schiebt sich träge ein Lavastrom voran. Ich gleite sanft hinab. Spüre ihn, wie er durch mich hindurchkriecht. Eine Schlange, die mich umhüllt und wieder freigibt, sich mit mir an den Wurzeln eines mächtigen Baumes zusammenrollt.

Ihr Atem ist unter mir, über mir, in mir. Wie sanftes Wellenwiegen. »Schlaf«, höre ich sie murmeln. »Schlaf und werde heil. Ich hüte und halte deinen Segen mit Yggdrasil. Du bist in allen Zeiten vertäut und geborgen.«

Der Nordstern taucht vor meinen geschlossenen Lidern auf, sanft und ruhig blinkt er mich an und strahlt mit seiner Zuversicht bis in mein Herz. »Du wolltest mich doch führen«, murmele ich.

Mein Finger sticht. Ich schrecke hoch, öffne die Augen und sehe ein altes Gesicht. Wässrige Augen, die sich um mich weben, eine runzelige Hand, die meine hält und uralte Lieder summt. Fremd und doch so vertraut.

Der Schwanz einer Schlange, der sich um unser beider Handgelenke ringelt. Da lauert etwas in der Tiefe. Ein blutrot glühendes Lachen will nach unserer Seele greifen. Ich will sie warnen, doch ich werde fortgerissen in einem tosenden Strudel.

Ein Nordsturm rollt auf mich zu. Eisig und trocken. Heiß. Kalt.

Verschlingt mich. Uns. Gibt uns nicht frei.

Ich sehe die Zukunft. Eine dunkle Zeit liegt vor uns.

Lange.

Viel zu lange.

Ewig.

Weil alles doppelt ist und auch wieder nicht.

Dann ist da nichts.

Dunkelheit umhüllt mich. Sie fühlt sich friedlich an, und endlich lasse ich los. Bin müde, so müde.

Wenn ich aufgebe, ist es vorbei. Dann haben wir alles verloren. Oder ist das am Ende das Ziel? Ich greife nach der faltigen Hand. Sie drückt meine, ganz fest. Streichelt meine fiebrige Wange, haucht einen Kuss auf meine Stirn. Dann lässt sie mich los. »Du kannst nicht bleiben, Erla. Beginne die Reise von Anfang an.«

Mein eigenes Schluchzen weckt mich auf.

Als ich zu mir komme, habe ich keine Ahnung, wo ich bin und was mit mir geschehen ist. Ich zittere. Friere. Alles an mir schmerzt. Weil mich gleißende Helligkeit blendet, kann ich meine

Augen kaum öffnen. Sie tränen und brennen, als hätte ich Wochen in einer dunklen Höhle verbracht.

Aber das kann nicht sein.

Oder doch?

Ein Schatten fällt über mein Gesicht. Ich liege in meinem Bett, und meine Mutter sitzt neben mir an der Kante. »Guten Morgen, mein Erlaschatz!«

Sie hält meine Hand, fühlt mir die Stirn und strahlt mich an. »Das Fieber ist so gut wie weg. Willkommen zurück!«

Durch das Sonnenlicht, das hinter ihr durchs Fenster hereinflutet, kann ich ihr Gesicht nur ahnen. Ihr Umriss hat fast was von einem Heiligenschein. Genau so stelle ich mir einen Engel vor, oder ... »Mutsch?«, wispere ich tonlos. »Bist du es wirklich? Das ist jetzt kein Traum mehr, oder? Bin ich tot?«

Sie umarmt mich stürmisch. »Nein, mein Schatz. Du lebst! Und ich bin hier. Bei dir! Ganz wirklich. Kannst du mich spüren?«

Uns beiden laufen Tränen der Freude und der Erleichterung übers Gesicht. »Ja, kann ich«, keuche ich gequetscht. Denn ich bekomme kaum noch Luft, weil sie mich so an sich drückt. Und das fühlt sich großartig an. »Was ist passiert? Wie lange habe ich geschlafen?«

Mein Kopf schmerzt, als wäre er in eine Schraubzwinge gespannt. Bruchstückhaft kehrt meine Erinnerung zurück: Ich war in einer Höhle. In der Höhle der alten Jorúnn. Kadlin und Flóki haben mich hingebracht. Ich wurde dort gepflegt – doch von wem? Sie haben mir eine scheußlich bittere Medizin eingeflößt, die mir Albträume machte. Und dann musste ich plötzlich ganz eilig fort, hierher zurück auf Ingvars Hof, weil ich sonst … der Grund will mir nicht einfallen. Mit verkniffenem Gesicht reibe ich meine Schläfen.

Mutsch beeilt sich, mir Minzbalsam zu reichen, der die Kopfschmerzen lindern soll.

Es müssen Tage vergangen sein, die ich bei den Húldu verbracht habe. Und die Zeit fließt anders im Húldureich, meine ich mich zu erinnern. Ich schrecke zusammen. »Die Lämmer! Geht es den beiden gut? Wer hat sie versorgt?«

Meine Mutter nickt. Sie beugt sich zu einem Tischchen aus Treibholz, das offenbar neuerdings neben meinem Bett steht, und gießt mir Tee aus der guten Porzellankanne ein. Das Teelicht im Stövchen flackert durch die Bewegung ihrer Arme.

Ich traue mich kaum, zu fragen, aber ich muss es wissen. »Welches Datum haben wir? Wie alt sind sie inzwischen?«

»Nun, du warst bei ihrer Geburt dabei, ich nicht.« Sie zwinkert mir zu und lächelt. »Quietschfidele Flaschenkinder, eine Woche, würde ich schätzen. Mach dir keine Sorgen um die Kleinen, sie gedeihen prächtig.«

Ich bin nur halb beruhigt. »Mutsch, welcher Tag ist heute?«

Sie sieht mich an, ganz kurz nur. »Es ist Sonntag, der 10. Juli. Immer noch 1949.« Sie kichert wie ein Backfisch. »Du hattest hohes Fieber, aber ich hätte es mir schlimmer vorgestellt nach Ingvars Anruf. Sie haben dich draußen gefunden, du hast am Brunnen gelegen. Immerhin warst du so schlau, deine Decke mitzunehmen. Aber dein Verband war wirklich gut. Ich hätte es selbst nicht besser gekonnt. Das hast du von mir! Trotzdem.« Sie sieht mich streng an. »Du hättest erfrieren können. Was wolltest du da draußen? Kannst du dich daran etwa auch nicht erinnern?«

Ich schüttele den Kopf. Sonst würde ich wohl kaum so nachbohren. »Ich glaube, ich hatte Durst«, erwidere ich vage.

Trotzdem stimmt da etwas nicht. Darüber muss ich in Ruhe nachdenken. Das sind ganz schön viele Informationen auf einmal, die gerade auf mich einprallen. »Anruf?«, frage ich nach. »Wann haben sie denn die Telefonleitung repariert?«

»Oh, letzte Woche schon. Das stand in meinem letzten Brief an dich, aber der kam erst nach mir hier an. Zum Glück bin ich Ingvar und Hrafnhildur in der Kirche begegnet. Ich war so wütend auf die beiden, aber sie haben mir alles erklärt. Jetzt trink.«

»Aber …!« Hinter meiner hämmernden Stirn braut sich ein Unwetter zusammen. Es interessiert mich brennend, was für Lügengeschichten sie Mutsch aufgetischt haben. Auf jeden Fall ist es das letzte Puzzleteil, das erklärt, weswegen sie danach so handzahm waren.

»Erst trinken!«

Als ich meine Lippen vorsichtig an die heiße Tasse setze, lehnt sie sich zufrieden zurück. »Darum konnte ich ja so schnell hier sein, trotz der immer noch gesperrten Furt. Deine Leute haben sich wirklich Sorgen um dich gemacht, weißt du?«

»Mhm«, mache ich unverfänglich.

Aus der Stube dringen Geräusche zu uns, Stühlerücken und Geschirrklappern. Unsicher sehe ich durch einen Vorhang, der meinen Bereich vom Rest des Hauses trennt. Auch der ist neu. Ich lasse meinen Blick durch den Raum schweifen. Die Runenzeichen an der Wand sind verschwunden. Flüchtig verspachtelt und übertüncht.

Mutsch lacht. Sie kennt mich zu gut. »Wir haben alles im Guten geklärt. Mach dir keine Sorgen. Jetzt wirst du erst mal gesund. Und sobald du wieder bei Kräften bist, kommst du zu uns. Wir können jede Hand beim Schafabtrieb im September gebrauchen. Aber Hrafn freut sich auch so, dich in unserer Familie aufzunehmen.«

Ich lege den Kopf schief. Die Formulierung klingt komisch. Familie? Außerdem hibbelt meine Mutter herum wie ein kleines Mädchen auf einem Waldameisennest. Dann streckt sie mir unvermittelt ihre Hand hin. Am Ringfinger blinkt ein Ring. Der ist auch neu. »Wir sind verlobt! Stell dir vor, Erlaschatz, Hrafn hat um meine Hand angehalten! Und die Namensänderung ist bereits bewilligt! Du bist jetzt also ganz offiziell Erla Björksdóttir. Wie findest du das?«

Mir ist schwindelig. Ich setze an, um etwas zu antworten, aber Mutsch ist schneller. »Ich weiß. Es muss dir schrecklich überstürzt vorkommen. Du kennst ihn ja noch gar nicht. Ich meine, nicht richtig. Die kurze Bootsfahrt zählt wohl kaum, und ich hätte mir das auch alles anders gewünscht. Aber nun kann bestimmt niemand mehr etwas dagegenhaben, wenn ich dich zu mir nehme.« Sie holt höchstens eine Millisekunde lang Luft. »Sag: Freust du dich für mich? Sind das nicht wundervolle Neuigkeiten? Ich bin verlobt! Bald sind wir wieder eine richtige Familie!«

Ich muss an meinen Vater denken, der seit zehn Jahren tot ist. An den ich mich nicht mehr richtig erinnern kann. Und doch meldet sich ein Kloß in meinem Hals, ein kleiner. »Ich wünsche dir alles Glück der Welt, Mutsch!« Ich sage es leise und ein wenig krächzend, aber ich meine es aus vollem Herzen.

Noch einmal reißt sie mich stürmisch an sich, und ich atme ihren Mutschduft ganz tief ein, so tief ich kann. Sie duftet so vertraut, und doch ist da etwas unausgesprochen Fremdes zwischen uns. Aber nicht wegen Hrafn.

Ich weiß nicht, ob sie es auch spürt. Ich glaube nicht. Aber ich kann ihr auch nicht davon erzählen. Es hat mit den Elfen zu tun. Und mit etwas, an das ich mich nicht erinnern kann. Nicht mehr – oder noch nicht.

»So. Jetzt schlaf dich gesund. Ich komme später noch einmal zu dir und bringe dir eine kräftige Brühe. Deine Lämmchen haben Hunger. Es ist Zeit für ihr Fläschchen.«

Mit einem Lächeln zieht sie den Vorhang hinter sich zu, und ich sinke in mein Federkissen zurück.

Was ist nur passiert?

Ich meine – in Wirklichkeit?

Kaum bin ich allein, klopft es leise ans Fenster, und Flókis hellblonder Haarschopf taucht an der Glasscheibe auf. Ich will aufstehen, um ihm zu öffnen. Aber ich schaffe es nicht einmal, mich gerade hinzusetzen, schon erfasst mich heftiger Schwindel. An Aufstehen ist nicht zu denken. Ich versuche es trotzdem, aber mir wird schwarz vor Augen, und ich taumele gerade so ins Bett zurück, ohne lang auf dem Boden hinzuschlagen und peinlich auszusehen.

Zum Glück ist das Fenster nur angelehnt. Geschickt stemmt sich Flóki am Rahmen hoch und klettert grinsend zu mir herein.

Wieder wach, Prinzessin?

Ich nicke verlegen und spüre, wie die Farbe in meine Wangen zurückkehrt.

Schone deine Kräfte. Nach der Reise, die du hinter dir hast, wird es dauern, bis deine Seele dich wieder eingeholt hat.

»Was meinst du?«

Und dann erzählt er mir alles.

»Wach auf!« Ulvi rüttelte ihren Bruder. »Du musst aufstehen. Beeil dich, schnell!«

»Was ist denn los?« Verschlafen rieb Flóki sich über die Augen. »Hat das nicht Zeit bis morgen?«

Ulvi hörte nicht auf, an ihm herumzudrücken und zu zerren. Die kleine Krabbe war erstaunlich hartnäckig. »Ulvi, bitte. Ich muss früh raus, du Quälgeist.«

Dann sah er den Gesichtsausdruck des kleinen Mädchens. Ulvis Augen waren glasig, aber nicht auf fiebrige Art, sondern auf diese ganz besondere, in weite Ferne gerichtet. Sie war nicht wach. Sie schlafwandelte auch nicht. Sie war in dem Zustand, den Jorúnn als »Das Gesicht« bezeichnete.

»Was siehst du?«, fragte er beklommen.

»Erla. Das deutsche Mädchen. Sie ist krank. Der Nordstern. Du musst reiten. Jetzt. Jorúnn hat Kadlin bereits auf den Weg geschickt.«

Das genügte. Mehr brauchte er nicht zu wissen, um in höchster Alarmbereitschaft zu sein. Hellwach sprang er aus den Federn.

Ulvi krabbelte bereits wieder in ihr eigenes Bettchen am Fußende der gemeinsamen Schlafstatt ihrer Eltern. Am Morgen würde sie nichts mehr von ihrer Vision wissen. Das kam erst später, hatte Jorúnn ihnen erklärt. Seine kleine Schwester war die Erste in ihrer Familie mit der Gabe der Hellsichtigkeit.

Jeder im Volk der Húldu hatte ein eigenes Talent, das entsprechend gewürdigt und gefördert wurde. Nur Flókis besonderes Gottesgeschenk war noch nicht zutage getreten. Es würde etwas ganz Besonderes sein, hatte Jorúnn gemeint. Und als sie es damals sagte, beim Julfest vor zwei Jahren, als Flóki zwölf wurde, da schwammen ihre Augen. Aber seither hatte sie kein Wort mehr darüber verloren. Eine Gabe zeigte sich, wenn sie sich zeigte. Er musste Geduld haben.

Mit fliegenden Fingern streifte Flóki seine Hosen über, stopfte das Hemd hinein und zog sich den dicken Pullover aus Islandwolle über den Kopf. Strümpfe, Mütze, es war eine einzige fließende Bewegung. Mit den Schuhen noch in der Hand rannte er nach draußen und pfiff nach seiner braunen Stute. Sie stand neben ihm, noch bevor er beide Schnürsenkel geschnürt hatte. »Danke, meine Schöne«, begrüßte er sie und strich ihr liebevoll über die Nase. Dann packte er ein Büschel ihrer Mähne vom Widerrist, um sich kraftvoll vom Boden abzustoßen und auf ihren Rücken zu schwingen. »Zu Erla«, flüsterte er ihr in Richtung der Ohren, die aufmerksam in seine Richtung spielten. »Lauf so schnell du kannst, meine Schöne! Sie ist in Gefahr!«

Als er den Hof erreichte, hätte er das Bündel Mensch beinahe übersehen, das vor dem Brunnen im dämmrigen Schatten lag. Die bleichen, dünnen Arme und Beine wirkten wie Treibholz, über das man nachlässig eine Lage Stoff gebreitet hatte, um es vor der Feuchte der

Nacht zu schützen. Doch es war Erlas viel zu dünnes Nachthemd, mit dem der Wind spielte. Eine eisige Faust schloss sich um sein Herz und drückte zu. Warum regte sie sich nicht?

Vom Schafstall her hörte er ein leises Geräusch. Es war Kadlin, die sich aus dem Schatten löste, in den Armen ein dickes Federbett, hinter dem sie fast verschwand.

Flóki sprang vom Pferd und flüsterte: »Was kann ich tun?«

Die Stute trottete gemächlich zur Tränke.

»Hol Wasser und mach schnell!« Kadlin nickte ihm flüchtig im Laufen zu und eilte an ihm vorbei weiter zu Erla. Behände wickelte sie das Mädchen in die Daunen.

Erla bewegte sich stöhnend. Kadlin hob eine Hand über ihr Gesicht, kreiste murmelnd darüber, und Erla verlor erneut das Bewusstsein.

Flóki hockte sich neben sie. Er wollte sie wachmachen und ihren Kopf anheben, damit sie aus dem Emaillebecher trank, aber Kadlin hielt ihn davon ab.

»Kühl ihr mit dem Wasser zuerst Stirn und Nacken, und von mir aus kannst du ihr ein wenig die Lippen damit benetzen. Aber ich brauche den Rest.«

Flóki tat, was sie ihm auftrug. Dann sah er fasziniert dabei zu, wie sie das Gefäß vor sich in die Kieselsteine stellte, ein Messer aus einem ausrollbaren Ledermäppchen voll seltsamer Instrumente herauszog und die Klinge hineinstellte. Kadlin schob den Ärmel von Erlas Nachthemd höher hinauf. Ein breiter, blassroter Streifen zog sich von ihrem geschwollenen Finger über den Unterarm und verschwand unter dem Stoff. Sie schloss die Augen. Ihr leises Murmeln verschmolz mit dem Nachtwind. Das Wasser begann zu brodeln und zu dampfen, als hätte sie ein Feuer darunter entfacht.

Nach ein paar Minuten holte Kadlin das abgekochte Messer heraus, griff nach Erlas Hand und schnitt beherzt in den brandigen Finger. Übel riechender Eiter quoll hervor, aber im Gegensatz zu Flóki verzog Kadlin keine Miene.

»Halte sie fest, das wird wehtun. Ich weiß nicht, wie tief sie schläft.« Gehorsam streichelte Flóki über Erlas fiebrige Wangen und bettete ihren Kopf in seinen Schoß.

Erlas Faust war fest um den kleinen Lederbeutel geschlossen.

»Was hat sie da in der Hand?«, fragte Kadlin.

»Ich glaube, es sind ihre Runen.«

»Sie hat Runen?«, fragte Kadlin erstaunt.

»Seit heute.«

»Dann wollen wir hoffen, dass sie ihr beistehen.«

Erlas Lider flatterten, und sie stöhnte leise, aber sie bewegte sich kaum, während Kadlin tief in der Wunde herumschabte, sie säuberte und schließlich mit einer scharf riechenden, braunen Flüssigkeit ausspülte. Ein paar Tropfen davon ließ sie zwischen Erlas geöffnete Lippen tropfen. Das Mädchen machte eine kraftlose Abwehrbewegung und murrte im Schlaf.

»Schhh«, tröstete Flóki hilflos und streichelte ihre Schulter.

Am Ende schüttete seine heilkundige Freundin das heiße Wasser weg und befüllte den Becher mit dem Rest aus dem Fläschchen. Mit einer Hand angelte sie in ihrem Ledermäppchen nach einer Nadel mit gewachstem Zwirn und versenkte beides darin. »Machst du mal auf?«

Flóki öffnete eins der in Wachstuch geschlagenen Päckchen, auf das sie mit dem Kinn wies.

»Nicht anfassen, nur öffnen!«, mahnte Kadlin, während sie über Erlas Finger gebeugt die gereinigte Wunde nähte. »Diese Mullbinden sind steril.«

Flóki ließ seine Hand sinken und beobachtete Erlas Atmung. Ihre Brust hob und senkte sich viel zu schnell. Sie glühte.

Kadlin schnitt den letzten Faden ab. »Es ist keine richtige Blutvergiftung«, sagte sie leise, als sie Flókis sorgenvollen Blick sah. »Die Lymphbahn hat sich entzündet. Das ist schlimm genug, aber sie hat gute Chancen. Jorúnn hat mich alles darüber gelehrt. Was sie jetzt braucht, sind desinfizierende, kühle Umschläge, etwas gegen das Fieber und vor allem Ruhe. Sie darf den Arm nicht bewegen.«

Flóki zeigte mit einer ausladenden Armbewegung auf den Hof. »Und wie soll das hier gehen?«

Kadlin zuckte gelangweilt mit den Achseln. »Gar nicht. Wir bringen sie in Jorúnns Höhle.« Sie grinste verschmitzt. »Da wollte Erla doch eh so gern hin, oder nicht?«

Etwas Uraltes, Steingraues lugte zwischen den Felsen hindurch, als sie im Schutz eines plötzlichen Nebels davonritten, das bewusstlose Mädchen an Flókis Schulter gelehnt vor ihm auf dem Pferderücken.

Kadlins Falbstute sog schnorchelnd die Luft ein, als sie die faulige Witterung des Trolls – oder was immer es war – in die Nüstern bekam. Beunruhigt stieß sie ein schrilles Wiehern aus und drängte an der Braunen vorbei, um möglichst schnell Abstand zwischen sich und das Ungetüm zu bekommen.

Ungeschickt tapste es durch eine Lücke, schnupperte an der Stelle, wo Erla gelegen hatte, und strich mit der rauen Zunge über den roten, noch feuchten Fleck auf der Erde, wo Kadlin das Messer angesetzt hatte. Die Kette um seinen Hals klirrte, als jemand an der Leine riss. Mit einem röchelnden Grunzen gab das Trollwesen dem Zug nach und verschwand zwischen den Felsen. Im Haus ging das Licht an. Doch als die Tür geöffnet wurde und Thorbjörn summend zum Abort schlurfte, war es längst verschwunden. Und mit ihm sein Meister.

»Sie kann nicht bleiben.«

»Aber …« Kadlin sah fassungslos von der ohnmächtigen Erla zu ihrer Lehrmeisterin. »Sie ist schwer krank.«

Jorúnn nickte. Sie hob ihren prüfenden Blick von der Wunde und erneuerte den Verband. »Du hast gute Arbeit geleistet, Kadlin. Aber sie dürfte nicht hier sein. Sie ist schwach, und die Schwingung in dieser Höhle ist sehr stark. Wenn wir sie hierbehalten, würde sie zu viel Zeit in der Menschenwelt verlieren. Wie würdest du Ingvar und seiner Familie ihre tagelange Abwesenheit erklären wollen? Und ihre plötzliche Rückkehr? Hrafnhildur würde es nicht verstehen. Es würden Wunden aufreißen, die weit schlimmer sind als diese hier und weit schwieriger zu pflegen.« Behutsam legte sie Erlas verletzte Hand auf der Decke ab. Das Mädchen stöhnte im Schlaf.

»Noch ist Zeit. Sie wird es für einen Traum halten. Bringt sie zurück.«

»Sie hat hohes Fieber!«, wandte Flóki ein. »Bitte lass sie bleiben, bis es ihr besser geht!«

»Wie habt ihr sie gefunden?«, wollte Jorúnn wissen, während sie zerstoßene Kräuter, Weidenrinde und Honig zusammenrührte.

»Ulvi hatte ein Gesicht«, antwortete er aufgeregt.

Die alte Heilerin nickte langsam. »Euer Band ist schon jetzt sehr stark. Aber der Preis ist zu hoch. Ich habe ihn bereits beglichen, aber das muss nicht noch einmal geschehen. Gebt sie zu ihren Leuten. Sie werden sich kümmern.«

Flókis Stimme zitterte. »Sie könnte sterben.« Ungläubig starrte er auf Jorúnns Rücken.

Die alte Frau drehte sich um und reichte Kadlin die fertige Tinktur. »Ja, das könnte sie«, sagte sie bedächtig. »Aber du und Kadlin könnten es auch. Willst du diese Verantwortung wirklich tragen?«

Flóki schluckte. »Ich habe keine Angst.«

»Das weiß ich nur zu gut«, sagte Jorúnn und schüttelte sanft den Kopf. Eine einzelne Träne perlte über ihre Wange. »Dein großes Herz ist mir vertrauter, als du ahnst. Und auch, wozu es bereit ist. Aber uns steht es nicht zu, den Lauf der Dinge zu verändern. Wir müssen die Verantwortung bei denen lassen, denen zu tragen sie zusteht.«

Kadlin und Flóki wechselten ratlose Blicke. Wovon sprach Jorúnn?

Erlas gesunde Hand rutschte von der Bettstatt herunter und gab preis, was sie die ganze Zeit darin verborgen gehalten hatte: einen kleinen Lederbeutel. Die einäugige Katze schoss mit einem Satz auf das Säckchen zu, packte es und rollte sich damit auf den Rücken.

Ein Hoffnungsfunke blitzte in Jorúnns Augen auf, als sie die Getigerte beobachtete. Das war verwegen, aber eine Möglichkeit! »Gut. Eine Nacht lang, wenn es sein muss auch zwei«, gab sie plötzlich nach. Zusammen mit den Runen konnte es funktionieren. Sie wandte sich an Kadlin. Ihre Schwere war wie fortgeblasen. »Ruh dich aus, Engelchen. Wir brauchen deine ganze Kraft.«

»Was hast du vor?«, fragte Kadlin.

»Das Gefüge der Zeit aus den Fugen heben«, antwortete Jorúnn. »Seid ihr bereit dafür?«

10. Plitsch, platsch, Kuchenmatsch

Nachdenklich befühle ich den Verband um meinen Unterarm. Ich kann mich nicht entsinnen, die geheimnisvolle alte Kräuterfrau tatsächlich gesehen zu haben. Nach und nach kehren Bruchstücke meiner Erinnerung an eine heimelige, nach Thymian und Salbei duftende Höhle zurück. Ich spüre das Gewicht ihrer einäugigen Katze auf meinem Schoß, und ich sehe faltige Hände, die das schnurrende Tier von meiner Bettdecke pflücken.

Ich kann das Prasseln des Kaminfeuers in mir wachrufen, den Geschmack von bitteren Kräutern zurückholen, die das Fieber gesenkt und die Entzündung aus meiner Lymphbahn vertrieben haben. Ich sehe bis ins Detail die vielen beschrifteten Fläschchen, Töpfe und Tiegel vor mir, die Regale und Holzborde an den grau glitzernden Felswänden, von denen reihenweise getrocknete Kräuterbüschel hängen.

Sie haben mir erzählt, dass ein Mensch normalerweise nur eine Nacht bei den Húldu bleiben kann, ohne dass der Ablauf der Zeit aus den Fugen gerät. Bei uns vergeht die Zeit schneller – zwei Tage hier sind zwei Wochen dort. Zwei Monate bei den Húldu können schon zwei Jahre in unserer Dimension bedeuten. Kadlins Mutter hatte eine Freundin aus Kindertagen, die als alte Frau starb, noch bevor Kadlin zehn Jahre alt war.

Ich weiß nicht, wie – Flóki mag nicht darüber sprechen –, aber sie scheinen die Zeit angehalten zu haben, während ich in der Höhle lag.

Die beiden haben mir das Leben gerettet, ich weiß das. Ohne sie wäre ich nicht hier. Und ohne Jorúnn, die sie eine Weltenwanderin nennen. Aber da ist kein Gesicht in mir, keine Kontur, nur Unschärfe, Fragmente aus einer warmen, liebevollen Hand auf meiner Stirn und ein schildkrötenalter, wässriger Blick. »Du kannst nicht bleiben«, hallt es in mir nach. »Beginne die Reise von Anfang an.«

Nachdenklich zeichne ich den Baum, von dem ich geträumt habe, und die Schlange an ihren unterirdischen Wurzeln, in deren Schoß ich geruht habe.

»Oh, was ist das denn Schönes?«, fragt Mutsch, als sie mein Kopfkissen aufschüttelt und das unfertige Bild sieht. Sie beugt sich näher und stutzt. »Das ist ja Yggdrasil, die Weltenesche. Seit wann beschäftigst du dich mit nordischer Mythologie?«

Ich zögere mit meiner Antwort. Erstens habe ich keine Ahnung, wovon sie spricht, und zweitens ist meine Mutter stets die gewesen, die nichts mit meiner Welt anderer Wahrnehmungen zu tun haben wollte – und mit dem, was ich von dort an Informationen mitbrachte, die nicht ihrem christlichen Weltbild entsprechen. Yggdrasil also. Vielleicht frage ich besser Flóki, ob er mir etwas darüber erzählen kann.

Meine Mutter lächelt versonnen und dreht an ihrem Verlobungsring. »Es ist doch gut, wenn man ein Zugehörigkeitsgefühl entwickelt, nicht wahr? Wir werden noch richtige Isländerinnen, wir beide.«

Sie küsst mich auf die Stirn. Ich nicke abwesend, jetzt bin ich völlig verwirrt.

Mutsch hat nie nachgefragt, wer die infizierte Verletzung so professionell versorgt hat, und ich wüsste nicht, wie ich ihr die Wahrheit beibringen sollte. Sie mag sie ja doch nicht hören. Vielleicht glaubt sie lieber, dass es Hrafnhildur war oder womöglich sogar ich selbst? Als ob ich meine eigene Wunde nähen könnte! Sei's drum.

Hrafnhildur und Andri schweigen. Thorbjörn spricht kaum noch mit irgendwem. Und Ingvar war nicht hier. Wir lassen es also auf sich beruhen.

Am nächsten Tag reist Mutsch ab, zurück zu ihrem Verlobten, meinem neuen Stiefvater. Wenn die beiden geheiratet haben, kann ich den Namen Hrafndóttir annehmen,Tochter von Hrafn, oder eben Mutschs Björksdóttir bleiben. Ich weiß gar nicht, ob ich das will, aber es ist ja noch Zeit. Das Hochzeitsdatum ist für den Tag nach dem Viehabtrieb angesetzt. Dann sind sowieso alle auf den Beinen und in Feierlaune, und auch ich kann es kaum erwarten, dass es September wird. Sobald ich den Verband los bin und beide Hände wieder sicher zum Reiten verwenden kann, werde ich meine Mutter und Hrafn auf ihrem Hof besuchen. Das ist abgemacht und von Ingvar und Hrafnhildur abgesegnet. Ich setze also alles daran, schnell wieder ganz gesund zu werden, und trinke brav zweierlei Tee: den von Mutsch und den nach dem Rezept der alten Húldu-Kräuterfrau. Schaden kann es ja nicht.

Hrafnhildur und Andri sorgen tatsächlich dafür, dass ich nicht zu viel arbeite und langsam wieder einsteige. Dabei haben wir gefühlt tonnenweise Fisch zu verarbeiten, den Ingvar in großen Bottichen auf Eis gelegt mitgebracht hat. Einen großen Teil des Fangs legen wir in Salzfässer ein, der Rest wird an der Luft getrocknet oder geräuchert.

Ich halte mich an Mutschs strikte Anweisung, nicht mit rohem Fleisch oder Fisch zu hantieren, solange ich den Verband trage.

In der Familie stellt niemand ihre Autorität infrage. Also koche und backe ich für alle, wecke Beeren ein und mache Marmelade, stopfe Socken und andere Kleidungsstücke, bestelle den Gemüsegarten und erledige andere Kleinigkeiten, die anderthalbhändig möglich sind: Lämmer füttern, Stall ausmisten, melken und käsen. Den verletzten Arm wickele ich dafür in ein größeres Wachstuch, so wird der Verband weder schmutzig noch nass. Meine Mutter hat mich auf die geniale Idee gebracht.

Wenn ich freihabe – und das klappt jetzt wunderbar –, zeigt Flóki mir das Land. Wir trinken aus sprudelnden Bächen, naschen Blaubeeren vom Strauch, und wenn mich das einhändige Reiten zu sehr anstrengt, nimmt er mich vor sich auf seine braune Stute, und ich brauche mich einfach nur an ihn lehnen, seinen Duft nach Schaf und Kräutern einatmen und mich tragen lassen.

Die Tage fliegen vorbei, schneller und schneller, auch weil es jetzt abends spürbar dunkler wird. Die Sonne hat sich auf ihren Rhythmus besonnen, sie geht am Abend unter und am Morgen auf, so wie sich das gehört in meiner immer noch deutschen Wahrnehmung.

Es ist Mitte August. Auf den Bergspitzen liegt bereits eine leichte Puderzuckerschicht aus Schnee.

Jetzt gibt es wieder richtige Nächte, und diese werden proportional länger, je mehr die beiden Schäfchen wachsen – oder vielleicht ist es auch umgekehrt. Jedenfalls gedeihen meine Flaschenkinder prächtig und laufen mir nach wie Hündchen.

»Es tut mir leid.«

»Was?« Verständnislos starre ich Andri an und lasse aus Versehen den Pfosten los.

Andris nächster Schlag mit dem großen, langstieligen Hammer saust ins Leere. Schwitzend richtet er sich auf und verzieht die Mundwinkel zu einem gequälten Lächeln. Ich warte auf das Donnerwetter, das jetzt kommen müsste. Aber es kommt nicht. Gelassen setzt er den Pfosten wieder dahin, wo er stehen soll.

Ich helfe Andri, so gut ich kann, die Zäune und den *Rétt* zu reparieren. Das ist das große Gemeinschaftsgehege, in dem alle Schafe unseres Gebiets gesammelt werden, um sie nach dem Abtrieb zu sortieren und den einzelnen Bauern zuzuordnen. Flóki hat mir erzählt, dass es ein Riesenfest ist, bei dem alle zusammenkommen und mit anpacken. Es wird gesungen, geredet und gelacht.

In diesem Jahr ist Ingvar der Bergkönig, der den Abtrieb hier in der Gegend leiten wird. Darum liegt es in seiner Verantwortung, dass alles gut vorbereitet ist, wenn die Schafherden und die Pferde zurückkehren, die den Sommer über im Hochland weiden durften. Die Wiesen um die Höfe herum sind zu kostbar und werden ausschließlich für die Heuernte verwendet und für die wenigen Tiere, die am Hof unentbehrlich sind oder aus anderen Gründen nicht mit in die Berge konnten.

»Ich glaube, ich habe dich falsch eingeschätzt«, sagt Andri und räuspert sich. »Ich war eifersüchtig, dass du sie sehen und mit ihnen reden kannst. Noch dazu als Fremde.« Er sieht mir in die Augen. »Aber das ist in Ordnung. Du bist ein Freak. Ich habe richtige Freunde, zum Anfassen. Und mich hält niemand für unheimlich.«

Im ersten Moment weiß ich nicht, ob ich das nun als Kompliment nehmen soll oder als Beleidigung. Ganz abgesehen davon, dass ich durchaus Momente kenne, in denen Andri auf mich mehr als unheimlich wirkt! Wenn er Fischbäuche aufschlitzt zum Beispiel. Als würde er meine Gedanken erraten, fügt er hinzu: »Ich habe ein Mädchen. Die isst auch Fleisch.«

Er sagt das, als ob dieser Umstand sämtliche notwendigen Qualitäten für die Ehe umschreibt. Seit der Sache mit dem Mutterschaf habe ich tatsächlich nie wieder Fleisch angerührt. Es hat mir gründlich den Appetit darauf verdorben. In den Augen der Familie bin ich damit natürlich nur noch sonderbarer geworden.

»Ha?«, rutscht es mir ziemlich isländisch heraus, und sogar Andri ist einen Moment lang verblüfft. Ein isländisches »Ha« wird betont wie eine Aussage, bedeutet aber: »Wie bitte?«, und ich finde das bei vielen Gelegenheiten auf diesem Hof und in meinem neuen Leben unglaublich passend.

»Ich habe sie beim Tanzen kennengelernt.« Er sieht mich ein wenig provozierend an. Und als ich nichts erwidere, sondern einfach nur den Pfosten wieder in Position rücke, damit wir weiterarbeiten können, zieht er die Nase hoch und wischt sich mit dem Handrücken daran entlang. Dann schiebt er seine Mütze zurecht und greift nach dem Hammer. Bevor er zum Schlag ausholt, sagt er: »Ich könnte dich mitnehmen am Samstagabend. »Dann lernst du vielleicht auch jemanden kennen. Jemand Echtes.«

»Ha?«, wiederhole ich leise, nur für mich, und runzele die Stirn. »Eher nicht.«

Am Abend passt Flóki mich hinterm Stall ab, als ich meine letzte Runde drehe, um meinen Flaschenkindern eine gute Nacht zu wünschen. Ich habe die Lämmchen Boogie und Woogie getauft, nach der amerikanischen Tanzmusik, die an Mutschs und meinem ersten Abend in Reykjavík gespielt wurde. Weil die beiden oft ebenso wild und lebensfroh herumhüpfen wie die jungen Leute damals, und weil meine Mutsch und ich dort zum ersten Mal seit langer Zeit wieder ausgelassen gelacht haben. »Das ist ein gutes Omen für euer Leben«, habe ich ihnen erklärt.

Wollen wir los?

»Huch! Wohin denn?«, tue ich begriffsstutzig und versuche zu ignorieren, dass alles an mir kribbelt wie eine ganze Ameisenschar, als er nach meiner Hand greift.

Er legt den Kopf schief und grinst sein verschmitztes Grübchenlachen. *Hast du es etwa vergessen? Badetag! Wir müssen doch feiern, dass du endlich den Verband und die Fäden los bist!*

»Und das rechtzeitig zum Schafabtrieb.« Grinsend winke ich mit meiner frischen Narbe. Niemals würde ich das vergessen! Seit Tagen habe ich mich auf diesen Abend gefreut. Aber ich bemühe mich natürlich, mir die Aufregung nicht anmerken zu lassen. »Ach ja. Hmm. Warte. Ja, ich glaube, ich habe Zeit. Ich sage nur schnell drin Bescheid, dass ich noch ausreite, und ziehe mich um.«

Ist gut, ich hole inzwischen die Pferde.

Mit fliegenden Fingern pelle ich mich aus den pekigen Stallklamotten und schlüpfe in meinen Badeanzug, den Mutsch mir aus einem dänischen Versandhauskatalog bestellt hat. Wer hätte denn auch gedacht, dass so dicht am Polarkreis so viel gebadet wird? Darüber ziehe ich den Reitrock und einen dicken Wollpullover. Das Bündel mit trockener Wechselwäsche und Handtuch liegt schon seit gestern Abend fertig gepackt in meinem Rucksack, dazu eine Flasche Saft, zwei Becher und ein Kuchen, den ich nur für uns beide gebacken habe. Eigentlich ist es ein Rezept mit Äpfeln. Die sind hier oben aber schwer zu bekommen, also habe ich stattdessen Blaubeeren verwendet. Hoffentlich schmeckt er. Ich bin so nervös, dass ich meine Finger kaum stillhalten kann und auf dem Ende von einem meiner Zöpfe herumkaue. Mein Magen fühlt sich so an, als wären sämtliche Krabbeltierchen der Insel darin eingesperrt und versuchten herauszukommen. Dabei ist Flóki nicht mal im Raum.

»Wo willst du hin?«, erkundigt sich Hrafnhildur. Sie sitzt am Fenster und strickt. Neugierig heben auch Andri und Ingvar die Köpfe. Thorbjörn ist im Schaukelstuhl eingeschlafen.

»Reiten«, sage ich einsilbig. »Ich treffe mich noch mit … jemandem.« Hilfesuchend sehe ich Andri an, aber der merkt wieder mal nichts, oder tut zumindest so, und wendet sich wieder dem Kreuzworträtsel in der Wochenzeitung zu, mit der ich manchmal Isländisch übe.

Hrafnhildur lässt ihre Strickarbeit sinken. »Das ist gefährlich, allein da draußen. Es sind … Trolle unterwegs. Deine Mutter …«

Ich schüttele unwillig den Kopf. »Alles gut. Ich bin verabredet, und Drifa passt gut auf mich auf.« Dass Hrafnhildur sich in letzter Zeit so fürsorglich gibt, ist mir immer noch fremd. Und in mancher Hinsicht war es einfacher, als wir uns noch nicht so gut verständigen konnten. Dank Flóki, Ulvi und Jarle haben meine isländischen Sprachkenntnisse große Fortschritte gemacht.

»Ingvar«, wendet sie sich hilfesuchend an ihren Sohn.

»Ha?«, macht der abwesend. Den Rest der Diskussion um meine Sicherheit warte ich lieber nicht ab. »Ich bin dann weg. Bis später!«

Aufatmend lasse ich die Tür hinter mir ins Schloss fallen und schlüpfe in meine mit Fell gefütterten Holzschuhe.

Flóki wartet bereits mit den Pferden hinter dem Hügel an der Scheune. Drifa begrüßt mich mit einem leisen Schnauben. Ihr weißes Fell schimmert fast wie mit Gold durchwirkt im Licht der untergehenden Sonne. Himmel, ich liebe dieses Pferd!

Als wir lostölten, spüre ich jeden Muskel ihres Rückens. Es ist, als wären wir ein Körper. Flóki reitet voraus. Wir nehmen einen schmalen Pfad hügelaufwärts, dann verlassen wir die Wege und reiten querfeldein über moosige Wiesen, in die die Pferde bis über die Fesselgelenke einsinken. Dann wechselt die Landschaft in eine schroffe Steinwüste. Doch sie sieht nur auf den ersten Blick tot aus. In den Nischen der uralten Lava haben sich rosa blühende Flechten und Kräuter angesiedelt, und an den Rändern blühen blaue Lupinen und Wollgras, deren Samen die Vögel bis hierher in die Einöde getragen haben. Wir überqueren mehrere Bäche, in denen riesige Lachse springen. Mir ist mulmig, aber Flóki lacht nur. *Die sind mit anderem beschäftigt, als dich oder Drifa anknabbern zu wollen.* Er feixt. *Sei froh, dass ich kein Lachs bin. Ich würde nicht für mich bürgen.*

Ich werde rot und bin froh, dass wir flussabwärts ein Stück am Ufer entlanggaloppieren können. Wieder wechselt die Landschaft und mit ihr die Farben. Und dann sind wir offenbar da. Es riecht ein bisschen nach Schwefel, und ich sehe wieder diese blubbernden, kleinen Quellen, die wie heiße Miniaturspringbrunnen einfach aus dem Boden sprudeln. Es raucht und zischt in ihrer Nähe, und irgendwo tost ein kleiner Wasserfall, den ich nicht sehe, aber höre. Vor uns sammelt sich das Wasser in einem natürlichen Becken, breit und träge. Dampf steht über der Oberfläche, ein Stück weiter unten springt es plätschernd über Felsen zurück in sein Bachbett und fließt wirbelnd und strudelnd talwärts davon.

Flóki hüpft übermütig vom Pferd, wirft im Laufen seine Pantinen weg, zieht sich den Pulli über den Kopf und löst den Gürtel seiner Hose.

Wer zuerst drin ist, ruft er. Und dann sehe ich lieber ganz schnell weg, weil er die Hose fallen lässt und Unterwäsche in Elfenfamilien offenbar nicht überbewertet wird. Es platscht, und als ich wieder hinsehe, taucht er gerade wieder auf. Er schüttelt sich die Haare aus dem Gesicht, und das Wasser spritzt in einem vielfarbigen Funkelregen wie Sterne um ihn herum.

»Du hast gewonnen«, sage ich lachend. Mein Herz fließt über und kann sich nicht entscheiden, ob es kurz stehen bleiben oder lieber doppelt so schnell weiterschlagen soll. Ich drehe mich schnell zu Drifa und streife ihr die Trense über den Kopf, damit sie besser grasen kann und nicht durch das Gebiss gestört wird. Dann lehne ich den Rucksack an einen Felsen, beiße mir auf die Unterlippe und beginne langsam, mich auszuziehen. Sieht er mir etwa zu? Ich glaube, mir hat noch nie ein Junge beim Umziehen zugesehen. Der Badeanzug fühlt sich ungewohnt an auf meiner Haut. Er liegt eng an, und der Beinausschnitt bedeckt nur knapp die Hüfte. Verlegen schiebe ich meine Zeigefinger unter den kräftig rosafarbenen Stoff und zupfe etwas mehr Richtung Bein. Im Katalog stand, das sei der letzte Schrei aus Hollywood und dass man das jetzt so trägt. Ich bin froh, dass ich mich für den Einteiler entschieden habe und nicht für einen modernen Bikini, so ist wenigstens mein Bauchnabel bedeckt.

Das Plätschern hinter mir verstummt bis auf die natürlichen Fließgeräusche des Wassers. Ich weiß genau, dass er mich beobachtet. Seine Blicke bohren sich warm in meinen Rücken, aber der Rest von mir fängt an zu frieren. Ich bekomme Gänsehaut, so eisig ist die Luft. Aber ich drehe mich erst um, als ich meine Kleidung ordentlich zu einem Häufchen neben den Rucksack sortiert habe, das Handtuch obenauf.

Flóki liegt mit geschlossenen Augen und ausgebreiteten Armen auf dem Rücken und lässt sich im Wasser treiben, das milchig blau schimmert.

Unsicher tapse ich näher. Die Steine sind stellenweise etwas glitschig, und da ich den Grund nur erahnen kann, muss ich Schritt für Schritt ertasten. Zu meinem Erstaunen wird der Boden jedoch nach ein paar Tritten sandig. Das Wasser ist wärmer, als ich es aus der Badewanne gewohnt bin, und wunderbar weich. »Herrlich«, jauchze ich und setze mich auf einen großen abgerundeten Stein, sodass ich bis zum Hals unter der Oberfläche bin. Hier bleibe ich! Flóki öffnet die Augen wieder und dreht sich dümpelnd, wie ein schläfriger Froschkönig, zu mir. *Gefällt es dir?*

Ich umfasse meine Knie, weil ich sonst nicht weiß, wohin mit meinen Händen, und nicke stürmisch. »Es ist wunderbar!«, versuche ich das Lärmen des Wassers zu übertönen.

Flóki streckt eine Hand nach mir aus, und ich lasse schnell mein Bein los und ergreife sie. Zärtlich zieht er sich zu mir heran und setzt sich ganz dicht neben mich. *Weißt du, was ich schon ganz lange machen wollte?*, raunt es leise in meinem Kopf, und das elektrische Brizzeln schwillt an zu einem wirbelnden Rauschen, als er sich immer dichter auf mich zubewegt, bis unsere Beine sich berühren, und dabei hört er nicht auf, mir direkt in die Augen zu sehen, mit diesem wundersamen Flókiblick, in den ich immer tiefer hineinsinke, tiefer noch als in das warme, butterweiche Wasser.

Platsch! Platsch!

Ich spüre Wasserspritzer auf meiner Haut. Mein Kopf fliegt herum. »Andri? Was machst du hier?«

Gefolgt von einem kichernden Mädchen mit einem zu einer enormen Schnecke hochgeflochtenen Dutt, platzt er in mein Rendezvous. Urplötzlich ist es dunkel geworden.

»Großmutter meinte, du sollst nicht allein hier oben sein«, entschuldigt er sich fadenscheinig.

»Ich bin nicht allein«, widerspreche ich heftig. »Ich bin hier mit …« Ich drehe mich zu Flóki um, aber da ist niemand mehr. Natürlich nicht. »… mit Drifa«, beende ich mit fester Stimme meinen Satz. Mein Kopf schmerzt, und mir läuft die Nase.

»Jedenfalls sind wir jetzt auch da, und alle sind froh, nicht wahr, meine Süße?«

Andri kitzelt seine Freundin durch, und das Mädchen, das kaum älter scheint als ich, windet sich fröhlich kreischend, spritzt ihn nass und mich und … niemanden sonst. Sie müssen wirklich glauben, dass ich nicht ganz richtig im Kopf bin. Zum Glück hatte ich wenigstens nicht schon unser Picknick ausgepackt. Wie ärmlich hätte das auf sie wirken müssen? Ich presse meine Kiefer aufeinander und klettere aus dem Naturbecken. Mir ist ein bisschen schwindelig, und meine Haut ist so rot wie ein gekochter Krebs und dampft genauso wie das Wasser, dem ich eben entstiegen bin.

»Was ist los, Erla? Bleib hier!«, ruft Andri mir hinterher. »Hör mal, ich wollte dich nicht vertreiben … *euch* von mir aus …«

Das Mädchen kichert wieder. »Hör auf, Andri. Du bist gemein.« Spielerisch schlägt sie auf seinen Oberarm. »Außerdem: Was, wenn sie doch mit ihnen in Verbindung steht? Ich möchte kein Unglück auf uns ziehen.«

Ich stutze und bleibe wie angefroren in der kühlen Nachtluft stehen. Dann mache ich auf dem Absatz kehrt. »Wie meinst du das? Wenn?«, frage ich geradeheraus.

Das Mädchen versteckt sich halb hinter Andris breiter Brust. »Ich finde das völlig in Ordnung«, sagt es beschwichtigend. »Ist doch keine große Sache und ganz bestimmt nicht lächerlich, wirklich. Manchmal sehe ich einen Schatten weghuschen, wenn ich mich schnell bewege. Oder im Nebel, da passiert mir das ständig. Da kann man sich schnell mal einbilden, dass …«

»Einbilden?«, wiederhole ich scharf und blähe die Nasenflügel. Ich sehe Andri an. Wie passt das denn jetzt zusammen? Was ist das für ein plötzlicher Wechsel? »Seit wann …?« Ich breche ab. Mein erster Tag kommt mir wieder in den Sinn, als er völlig verstört den Húldu eine Gabe auf die Schwelle legte, weil er dachte, ich hätte sie womöglich gestört. Die Lämmergeburt, die Runenzeichen, dass ich ihn mit einem Húldumädchen bekannt machen sollte … Hat er das alles vergessen? Oder …? »Auf einmal glaubt ihr, ich bilde mir das alles ein? Ist das so? Ganz plötzlich? Was ist hier los?«

»Ich habe nie etwas gesehen«, behauptet Andri, und das stimmt ja sogar. »Vielleicht habe ich mich hinreißen lassen. Es wäre auch zu ungewöhnlich, wenn eine Fremde …«

»Nicht, Andri.« Das Mädchen macht sich noch kleiner und verkriecht sich unter seinem bärenstarken Arm. Seine Freundin kann wirklich nur ein, höchstens zwei Jahre älter sein als ich. Es ist grotesk, wie sie versucht, mich zu beschwichtigen. »Wenn du mehr unter Menschen kommst, dann …«

»Was dann?«, rufe ich aufgebracht.

»Schrei Gudny nicht so an«, sagt Andri nervös. »Deine Mutter hat uns alles erklärt. Sie hat …«

Ich habe genug gehört. Ich mache auf dem Absatz kehrt, stopfe Drifa die Trense ins Maul und meine Sachen ohne Rücksicht auf den Kuchen zurück in den Rucksack. Dann führe ich mein Schimmelchen an den nächsten passenden Stein, klettere in meinem dunkelrosafarbenen Badeanzug auf ihren Rücken und reite davon. Ich will weg, nur weg von den beiden und all den Lügengeschichten, die Mutsch ihnen erzählt hat, um mich zu schützen. Aber das macht alles nur noch schlimmer. Mein ganzes Leben lang sollte ich verstecken, dass ich diese Gabe habe. Aber noch nie war ich in der Situation, dass ich das Gegenteil hätte beweisen sollen oder wollen. Es fühlt sich so falsch an. Mein Kinn zittert, aber ich halte durch. Jetzt ist es soweit. Meine eigene Mutter hat mich verraten. So massiv hatten wir das noch nie.

»Erla, lauf doch nicht weg!«, ruft Andri mir hinterher. Jetzt klingt er fürchterlich nervös.

»Ich laufe nicht, ich reite!«, brülle ich gegen das Rauschen in meinen Ohren an und galoppiere mit Drifa davon.

»Wie konnte sie so etwas nur tun?« Hinter der nächsten Hügelkette breche ich heulend zusammen. Mir ist eiskalt, und die nassen Sachen machen es nicht besser. Ich halte an und rutsche tränenblind vom Pferd. »Warte bitte, ich muss mich umziehen«, schniefe ich zitternd wie Espenlaub und zerre mein Handtuch aus der Satteltasche. Es ist voller Blaubeerflecken. Na bravo.

Hinter mir räuspert sich jemand. Ich fahre herum und stehe Flóki gegenüber, der nur sein nasses Hemd trägt. Als er meinen Gesichtsausdruck sieht, verpufft sein verschmitztes Grinsen und weicht einer sorgenvollen Miene. *Was ist passiert?*

»Warum bist du nicht geblieben?«, bricht es aus mir heraus.

Das bin ich, erklärt er sanft. *Direkt neben dir. Aber du warst so aufgeregt, dass du meine Schwingung nicht mehr erfassen konntest. Worum ging es? Ich habe es nicht verstanden.*

»Wieso bin ich die Einzige, die euch sehen kann, und alle halten mich für verrückt?« Dann sprudelt es immer weiter aus mir heraus wie eine Lawine, die einmal in Fahrt ist und nicht mehr gebremst werden kann. Ich erzähle ihm, was ich erraten habe. Was meine Mutter wieder einmal angerichtet hat in ihren endlosen Versuchen, meinen guten Ruf zu wahren und seit meiner Kindheit zu verhindern, dass man mich in eine Irrenanstalt steckt – oder Schlimmeres. »In diesem Krieg wurden Kinder wie ich einfach abgeholt und an furchtbare Orte gebracht. Sie sind nie wieder aufgetaucht«, versuche ich Flóki zu erklären, der immer größere Augen macht. »Ich kann ihre Sorge ja sogar verstehen. Aber ich dachte, hier in Island wird endlich alles anders. Wir beide dachten das. Die Menschen haben Respekt vor euch und euren Kräften. Hrafnhildur hatte Respekt vor *mir*, als sie dachte, ich hätte den bösen Blick.«

Den bösen Blick?, wiederholt Flóki ungläubig, als ich nach Luft schnappe, und seine Augen glänzen sanft im Mondlicht.

Bitter lache ich auf und zucke mit den Achseln. »Die Menschen trauen euch so einiges zu, weißt du.«

Und das tun sie mit Recht, sagt er leise. *Wir sind die Hüter dieser Insel, ihrer Natur und ihrer Tiere. Wir bewahren das Land und unsere heiligen Orte, und wer unsere Grenzen überschreitet, sei es aus Habgier oder Unwissen, muss damit rechnen, in seine Schranken verwiesen zu werden. Und wenn dir jemand Unrecht tut, dann sollte er ebenfalls mit Konsequenzen rechnen.*

Ich kann nicht verhindern, dass sich ein paar neue Tränen über meinen Lidrand stehlen und mir die Wangen hinunterrinnen.

Flóki stoppt sie mit einem Finger, bevor sie über meinen Hals laufen, zieht mich an sich und hält mich einfach nur fest. Ich spüre seine Körperwärme, und das elektrische Kribbeln fühlt sich an wie ein prasselndes Kaminfeuer zwischen unseren Herzen.

Hier darf ich sein, wie ich bin, mit meinen Tränen, meiner Wut und meiner Traurigkeit. Dieser flachsblonde Junge in seinem kratzigen Leinenhemd fühlt sich inmitten unwirtlich stinkender Schwefelquellen, Lavafelsen und morastigen Mooses einfach nur nach Zuhause, nach Sicherheit und Geborgenheit an, und ich heule mich leer an seiner Brust, unter der sein Herz so schnell schlägt wie meins, bis endlich all diese jahrelang zurückgehaltenen Tränen ihren Weg an die Luft gefunden haben.

Ich habe eine Idee, sagt er irgendwann, als ich mich abgetrocknet und umgezogen habe, und wir aneinandergekuschelt auf einem

Felsen sitzen, den Mond zwischen den Wolken betrachten und völlig zerkrümelten Matschkuchen essen.

Fragend hebe ich den Kopf. »Und welche?«, frage ich mit vollem Mund.

Ich komme mit zum Tanz am Samstag.

»Jetzt Samstag? Die Feier vor dem Viehabtrieb?« Ich verschlucke mich und muss husten.

Lachend klopft Flóki mir auf den Rücken.

»Ha?!«, mache ich und da grinst er noch breiter.

Das kriegen wir schon hin. Warte ab.

Jorúnn breitete die Runen vor sich aus und studierte ihre Botschaft im Licht der Tranlampe. Etwas Dunkles war auf dem Weg. Aber sie konnte es nicht klar erkennen. Die Nornen, diese weisen Schicksalsgöttinnen, spielten mit ihr. Sie ließen sie sehen, und doch hielten sie sie blind, hielten es vor ihr verborgen.

Da war etwas Altes, sehr Gefährliches, und es entzog sich geschickt allen Blicken.

Durch einen Riss in der Zeit war es befreit worden. So viel stand fest. Jorúnn stöhnte auf und biss auf ihre Faust. Was hatten die Kinder nur angerichtet? Doch die Verantwortung trug sie, sie allein. Es hatte ja längst begonnen. In ihrer vergangenen Jugend, vielleicht schon davor.

Demütig neigte sie ihr Haupt. »Es ist, wie es ist«, murmelte sie leise, wie um sich selbst zu erinnern. Es half nicht zu hadern mit dem, was war, das machte nur handlungsunfähig, blind und taub.

Sie musste versuchen, es aufzuhalten. Den Lauf der Dinge begradigen, die beiden warnen, irgendwas tun.

Erstaunlich flink für ihr Alter eilte sie an den Schreibtisch. Sie wollte zu dem kleinen Tintenfass und dem Gänsekiel greifen, der sie nun schon so viele Jahrzehnte begleitete.

Doch die einäugige Katze sprang ihr fauchend in den Weg. Das alterslose Tier versetzte ihr einen heftigen Schlag mit der Tatze.

Ihr Bein brannte so sehr, dass die Heilerin irritiert stehen blieb. Durch den schweren Stoff ihres Wollrocks hindurch spürte sie eine warme Spur die Wade hinabrinnen. Die Krallen hatten offenbar tiefe Kratzer hinterlassen.

Die Katze fauchte noch einmal. Dann stolzierte sie zur Tür hinaus wie jemand, der erfolgreich eine Botschaft überbracht hatte.

Jorúnn sah ihr berührt nach. Sie verstand den Hinweis und achtete, wovor die Einäugige sie gewarnt hatte. »Danke«, sagte sie leise und sammelte sich. Tief durchatmend ließ sie die Schultern sinken. »Ich werde beten. Verzeiht mir, meine Kinder.«

Sie griff nach einem Stück Holzkohle und einem kleinen Gefäß, um das frische Blut an dessen Rand abzustreifen. Dann begann sie den Aegilshelm zu zeichnen – das kraftvollste Runenzeichen für Schutz und Segen, das sie kannte. Dies war, was in ihrer Macht stand. Den Rest mussten die alten Götter dazutun, wenn es dem höchsten Wohl diente.

11. Partysprenger

Die ganze Woche über fiebere ich dem Tanzabend entgegen. Mit ihm geht auch meine Zeit auf Ingvars Hof zu Ende. Mal ballt sich mein Magen bei dem Gedanken daran vor Angst zusammen wie eine Eisenfaust, mal flattert er wie tausend Schmetterlinge, wenn ich an Flóki denke, und manchmal ist da einfach nur bodenlose Leere, die mich schwanken lässt wie bei einem Erdbeben, weil ich keine Ahnung habe, wie das alles weitergehen soll – bis ich wieder Halt finde im Hier und Jetzt. Diesen Halt gibt mir Drifa. Ich habe mir von Ingvar vorrechnen lassen, wie viel Geld mir für meine Arbeit zusteht bis zum Schafabtrieb, wie viel die Lämmer wert sind und was er für Drifa haben möchte. Er hat mir einen fairen Preis genannt, aber unterm Strich habe ich Schulden bei ihm. Ich werde meine Mutter und Hrafn um Hilfe bitten müssen, um einen Kredit in Höhe von zwei Monatslöhnen. Seufzend schiebe ich den Gedanken weg. Darüber werde ich mir im September Gedanken machen, und bis September sind es noch vier Tage hin. Mein Schimmelchen ist bereits mitten im Fellwechsel. Ich habe noch nie einen Eisbären angefasst, aber wenn ich mich in Drifas Fell vergrabe, dann bin ich davon überzeugt, dass es sich genauso anfühlen muss: Schon jetzt ist es fünf Zentimeter langer, dichter Plüsch, an den Ellbogen und am Hals teilweise noch länger. »Wir bleiben zusammen«, verspreche ich ihr. »Mach dir keine Sorgen. Ich bekomme das hin.« Und Flóki?

Im nördlichen Hochland liegt Neuschnee, zum Glück noch nicht hoch. Die Männer haben dennoch entschieden, Schafe und Pferde schon früher von den Sommerweiden zu holen. Das ist das Thema Nummer eins unter den jungen Leuten im Tanzsaal. Dieser Abend ist zugleich der Abschied, bevor es losgeht. Drei Tage sind dafür eingeplant.

Es ist nur eine kleine Veranstaltung im Versammlungsraum der Gemeinde, nicht einmal mit Livemusik. Jemand legt Schallplatten auf, amerikanische Swingmusik, Boogie-Woogie, Jazz.

Wir sind mit der Kutsche hergekommen, Andri, ich und seine Freundin. Sie heißt Gudny, aber er nennt sie Baby, weil das so schön amerikanisch klingt. Wir haben sie unterwegs eingesammelt, und wenn ich dachte, das Schweigen würde damit enden, habe ich mich grob verschätzt. Die beiden turteln und kichern und knutschen ungeniert herum.

Ein paarmal kommt die Kutsche von der geschotterten Piste ab und schrubbt gefährlich über die Felsen, und ich sitze hinten, klammere mich verstohlen fest und fühle mich wie das fünfte Rad am Wagen. Was, wenn er nicht kommt? Was, wenn mich dahergelaufene, angetrunkene Bauerntrampel abzuschleppen versuchen? Was, wenn sie es nicht versuchen? Was, wenn …? Ich schüttele den Kopf, ich möchte nicht hier sein, das alles ist eine Wahnsinnsidee. Wieso nur habe ich mich darauf eingelassen?

Und dann kommen wir an. Gudny zieht mich mit hinein, während Andri Pferd und Kutsche zwischen amerikanischen Kleinlastern und Straßenflitzern neben ein paar angebundenen Pferden parkt und Ásti mit Heu und Wasser versorgt. Wir setzen uns auf eine niedrige Bank an der Wand und warten. Ich komme mir so falsch vor in der Sonntagstracht von Andris Mutter. Niemand hier trägt Tracht außer mir. Ein paar der Jungs haben Blue Jeans an, die Arbeitshosen der amerikanischen Soldaten sind der letzte Schrei. Die Mädchen tragen moderne Kleider oder Hosen, mit denen man gut reiten kann. Die Luft ist zum Schneiden dick, weil einige rauchen, es stinkt nach Alkohol und Zigaretten.

Andri bringt uns ein Bier vom Tresen mit. Ich habe noch nie Bier getrunken. Gudny prostet mir zu und trinkt direkt aus der Flasche. Ich behalte meins unschlüssig in der Hand und versuche, das Etikett zu entziffern.

Sie ist ganz aufgekratzt und kreischt, als ihr Lieblingslied gespielt wird. Offenbar hat Andri das eingefädelt, denn sie drückt mir ihr Getränk in die Hand, so stürmisch, dass es schäumend überschwappt und mir über die Finger läuft, die ich natürlich nicht an meinem bodenlangen Sonntagskleid abwischen mag, das immerhin meine klobigen Schuhe verbirgt.

Verstohlen stelle ich die Flasche ab und starre auf meine klebrigen Finger. Da zieht sie Andri bereits auf die Tanzfläche. Ich betrachte die zweite Bierflasche in meiner Hand und schnuppere an der Öffnung, aber ich kann mich nicht überwinden, einen Schluck zu nehmen.

Neben mir räuspert sich jemand. Ich stelle mich darauf ein, jemandem eine höfliche Tanzabfuhr zu erteilen, da sehe ich, dass man mir ein Taschentuch hinhält. »Takk fyrir«, sage ich dankbar und greife zu, ohne hochzusehen. Meine Augen brennen schon vom Qualm. Aber diesen Stoff kenne ich doch? Ungläubig betrachte ich das Stofftaschentuch. Es ist frisch gewaschen und gebügelt, und doch würde ich es unter Tausenden wiedererkennen.

Es wurde unzählige Male gestopft und liebevoll mit kleinen Blumen bestickt. Und ich habe es das letzte Mal vor einem halben Jahr gesehen, an Bord der »Esja«, noch bevor ich Island betreten habe.

Ich sehe hoch, und da steht Flóki, die Haare mit Brillantine zurückgekämmt, wie ich in einer altertümlich wirkenden Tracht. Er trägt eine schwarze Kniebundhose mit beigefarbenen Strümpfen und schwarzen Spangenschuhen. Seine dunkle Jacke ist goldfarben abgesetzt, und darunter trägt er eine hellblaue Weste und ein weißes Hemd mit gestärktem Stehkragen. Er hat Schweißperlen auf der Stirn, weil es hier drin so warm ist, und er strahlt mich mit geröteten Wangen an.

»Wo hast du das her?«, frage ich verwirrt, als ob dies das Wichtigste wäre in diesem Augenblick. Flóki lacht, als erriete er wieder einmal meine Gedanken. *Das ist eine lange Geschichte. Willst du die wirklich jetzt hören? Ich dachte, du wolltest tanzen?*

Ich nicke schneller als mein Herz klopft, und das galoppiert bereits.

Darf ich bitten?

Formvollendet verbeugt er sich vor mir und reicht mir seinen Ellbogen, damit ich mich bei ihm einhaken kann. Überglücklich stelle ich meine Bierflasche ab. Der Ton, als der Flaschenboden die Holzbank berührt, klingt unnatürlich laut.

Erst jetzt realisiere ich, dass alle Geräusche im Raum verstummt sind, inklusive der Musik.

Wir werden angestarrt. Niemand bewegt sich. Die Blicke schwanken zwischen Unglauben, Furcht und Irritation. Keiner sagt ein Wort, alle machen uns Platz, als ich aufstehe und an

Flókis Seite mit zittrigen Knien auf die Tanzfläche trete. Plötzlich sind auch andere Húldu im Raum. Ich erkenne Kadlin auf der Fensterbank, die anderen habe ich schon das ein oder andere Mal flüchtig gesehen, vielleicht an jenem ersten Tag im Hafen oder bei den Schafherden im Hochland, die wir im August des Öfteren besucht haben. Und doch kenne ich alle ihre Namen. Ich weiß sie einfach: Sóley und Eldar, Torger und Sunna, Jone, Sigge, Halldor … Sie winken mir fröhlich zu, nicken freundlich oder grinsen breit. Einer tippt dem Jungen am Plattenspieler auf die Schulter, dem sprachlos der Mund offen steht, und legt eine neue Scheibe auf.

Andri ist die Kinnlade heruntergeklappt. Ein deutscher Schlager ertönt, ich habe keine Ahnung, wie das sein kann, aber es ist das Lied Capri-Fischer. In Deutschland spielen sie das gerade ständig im Radio und bei jeder Feier. Knisternd und krachend singt Rudi Schuricke los: »Wenn bei Capri die rote Sonne im Meer versinkt …«

Flóki greift nach meiner rechten Hand. Meine linke lege ich auf seine Schulter. Das Herz schlägt mir bis zum Hals, als wir so dicht voreinander stehen. Ich spüre seine Finger zwischen meinen Schulterblättern, und dann führt er mich sanft ein paar Schritte durch den Raum. Eine Rumba ist das. Oder ein Tango? Ich kenne mich mit diesen modernen Tänzen nicht aus. So etwas Verwegenes habe ich bisher nur bei zugezogenen Vorhängen mit Mutsch geübt. Sie tanzt sehr gern. Ich kann das gar nicht. Aber nun klappt es offenbar doch – Flóki macht das.

Wir schweben über diesen knarzenden Dielenboden, tanzen mitten in Südisland zu einem deutschen Lied über italienische

Fischer, der Junge aus dem Versteckten Volk Islands und ich, und dabei müsste er eigentlich unsichtbar sein. Die ganze Situation ist so absurd, dass ich laut loslachen möchte. Aber das kann ich nicht, weil ich im Kopf beinahe zwanghaft die Schritte mitzähle, obwohl Flóki mich so gekonnt dirigiert, dass ich mir gar keine Sorgen zu machen bräuchte.

Aus dem Augenwinkel sehe ich Sóley und Eldar mit uns tanzen, ein anderes Pärchen schließt sich uns an, ich weiß nicht, ob es Húldu sind oder nicht. Ich sehe Gudny winken, Andri starrt immer noch und vergisst zu blinzeln. Alle sehen uns an. Sie *sehen* uns, wird mir klar, und da ist es mir auf einmal völlig egal und ich beginne endlich, mich zu entspannen. Alles was zählt, sind Flókis Hand in meinem Rücken und seine Augen in meinen.

Mir ist ganz taumelig. Und dann ist das Lied zu Ende. Schon vorbei?

Lachend und rufend stürmen Flókis Freunde zur Tür hinaus und ziehen mich mit, während die meisten anderen noch starr dastehen und glotzen. Draußen ist die Luft sternenklar und angenehm kühl. Ich muss husten vor Lachen und wegen des Qualms da drin, den ich auf meiner Zunge schmecke. Flóki umfasst meine Taille, hebt mich hoch in die Luft und wirbelt mich stürmisch im Kreis herum. Dann setzt er mich ab, und als mir noch richtig schön schwindelig ist, berühren seine Lippen ganz kurz meine, und es brizzelt und kribbelt wie Brausepulver überall auf meiner Haut und darin und darunter.

Wir sehen uns, Prinzessin, flüstert es in meinem Kopf. Von hinten über die Kruppe springt er auf sein Pferd, das die anderen bereits für ihn geholt haben. Kadlin hält es mit einer Hand, mit der anderen presst sie sich ein Taschentuch vor die blutende Nase, und schon sprengen sie davon, hinaus in die Nacht, und werden von ihr verschluckt, bevor ich überhaupt verstanden habe, was eben geschehen ist.

Als ich mich umdrehe, pralle ich beinahe in Andri hinein. Er steht vor mir, fast so dicht wie Flóki vorhin, die Schallplatte in der Hand. »Wir fahren nach Hause«, sagt er nur und stapft los, um die Kutsche zu holen.

Verdutzt sehe ich ihm nach. Drin hat die Musik wieder zu spielen begonnen, irgendwas Amerikanisches.

»Aber wir sind doch gerade erst gekommen?«, ruft Gudny ihm hinterher, die auf der Türschwelle stehen geblieben ist.

»Bedank dich bei ihr!«, knurrt er, ohne sich umzudrehen.

»Muffelbär.« Gudny kommt achselzuckend die Eingangsstufen herunter und hakt sich bei mir ein. »Hast du ihn geküsst? Wie fühlt sich das an, mit so einem Elfenjungen zu knutschen? Anders als mit unseren Jungs?«

Ich schüttele den Kopf und versuche, meinen Arm aus ihrem Klammergriff zu winden. »Flóki gehört zum Húlduvolk. Die Versteckten Leute sind genau wie wir. Das sind keine Elfen.«

Gudny kuschelt sich an mich. »Hach! Wie aufregend! Ich wusste, dass du besonders bist! Würdest du vielleicht für unsere Familie dolmetschen? In einer Ecke unseres Ackers geht immer die Pflugschar kaputt. Da stecken ganz sicher die Unsichtbaren dahinter, sagt meine Großmutter. Könntest du für uns vermitteln, was meinst du?«

»Ich weiß nicht, ob ich …« Endlich habe ich meinen Arm zurückerobert, aber sie lässt trotzdem nicht locker.

»Ach, sei nicht so bescheiden. Das wäre großartig!«, unterbricht sie mich strahlend. »Meine Eltern werden sich so freuen, wenn ich ihnen davon erzähle. Sie zahlen gut. Wann kannst du kommen?« Fröhlich winkt sie Andri zu, der mit der Kutsche auf uns zusteuert.

Ich ziehe die Augenbrauen in die Höhe. »Geld?«, frage ich begriffsstutzig.

»Ja natürlich«, sagt sie ganz selbstverständlich. »Das ist ein ehrenwerter Beruf.«

Ich denke an Drifa und die Lämmer und daran, wie schnell ich zu meiner Mutter ziehen könnte, wenn ich uns auf diese Art freikaufen würde. Aber es fühlt sich nicht richtig an. »Weiß nicht«, sage ich abgelenkt. Der kleine Fuchswallach kaut heftig auf seinem Gebiss herum, er hat Schaum vorm Maul. Ich runzele die Stirn und gehe näher auf Ásti zu, während Gudny fröhlich plappernd zu Andri auf den Kutschbock klettert.

»Andri, da ist was nicht in Ordnung. Kannst du mal kommen?« Ich löse den Kinnriemen, der viel zu fest verschnallt war, und mache ihn zwei Loch weiter, aber Ásti sieht immer noch nicht glücklicher aus. Unruhig tänzelt er herum, legt die Ohren an und dreht sie dann wieder lauschend in alle Richtungen, sieht wie hypnotisiert in die Berge hinauf. Seine Nüstern sind geweitet. Er schnaubt und stampft unwillig mit dem Huf auf. Vielleicht sitzt auch beim restlichen Zaumzeug etwas nicht richtig? »Was hast du denn?«, frage ich und streichele ihm sanft am Hals entlang, um die übrigen Riemen zu kontrollieren.

»Steig ein«, blafft Andri mich an und löst die Bremse. »Du hast genug Blicke auf dich gezogen für einen Abend.«

»Aber …«

»Steig ein oder lauf nach Hause. Oder bleib von mir aus gleich bei deinem Feenvolk.« Drohend lässt er die lange Gerte über Ástis Rücken kreisen.

»Andri!«, ruft Gudny erschrocken. »Lass das! Sei lieb zu ihr, du weißt, was deine Großmutter ...«

Er knurrt etwas, das ich nicht verstehe, weil der Wagen so knarzt, als ich nach hinten klettere – bevor er die Peitsche womöglich tatsächlich noch auf Ástis Rücken niedersausen lässt. Andri hat es innerhalb von nicht mal zwei Minuten geschafft, mich aus der Euphorie meines allerersten Kusses zurück auf den eisig harten Boden der Tatsachen zu stürzen.

In den Hügeln rumpelt etwas. Ásti macht einen Satz und prescht los. Gudny und ich purzeln durcheinander. Andri hängt mit beiden Händen in den Zügeln. Er hat Mühe, den Wallach wieder einzufangen und zu einem gemäßigten Trab zu bringen. Einen Moment lang frage ich mich, ob er ihn nun doch geschlagen hat, aber das scheint nicht der Grund für den Ausraster gewesen zu sein. Gudny fragt: »War das ein Gewitter?«

Andri schüttelt den Kopf. »Kleines Erdbeben, schätze ich.« Grimmig sieht er zu mir nach hinten. »Alles in Ordnung?«

Ich nicke stumm, und wir fahren weiter. Nach ein paar Kilometern fängt Ásti an zu lahmen. Fluchend steigt Andri ab und kontrolliert die Hufe des Pferdchens. »Hast du was gefunden?«, frage ich vorsichtig und stehe auf.

»Bleib, wo du bist!«, mahnt er mich mit ausgestrecktem Zeigefinger. »Da ist nichts.«

Wir setzen unseren Heimweg nur noch im Schritt fort. Immerhin. Ich nehme mir vor, nach Ásti zu sehen, wenn wir an der

Abzweigung zu Gudnys Hof sind. Aber anscheinend soll es diesmal andersherum laufen. »Ich bringe Gudny nach Hause. Du kannst den Rest zu Fuß gehen«, bestimmt Andri, als wir an der Kreuzung sind. »Wir sehen uns dann drei Tage nicht.«

»Ist gut, aber lass mich erst kurz nach Ásti sehen«, bitte ich.

Andri grunzt ungehalten. Ich nehme das mal als Einverständnis und gehe an ihm vorbei nach vorn. Der kleine Wallach atmet keuchend. Ich taste mich prüfend an den Ledergurten des Geschirrs entlang.

»Du hast das Brustblatt viel zu hoch verschnallt«, schimpfe ich. »Das Leder blockiert die Atmung, wenn er den Hals senkt, und außerdem hat es ihm schon die Haut weggescheuert.«

»Ach, und seit wann weißt du alles besser?« Missmutig steigt Andri ab und kommt zu mir nach vorn. Da habe ich die beiden Bauchgurte schon gelöst. »Sieh selbst.« Ich zeige auf die offenen Scheuerstellen. »Soll er damit wirklich noch zu Gudny und wieder zurücklaufen? Du kannst ihn auf keinen Fall morgen reiten.«

Andri flucht schon wieder. »Das ist alles deine Schuld.« Wütend nimmt er mir das Leder aus der Hand und verschnallt es neu. Dann steigt er wieder auf und wendet.

»Nicht schlimm«, sagt Gudny, aber ich höre die Enttäuschung in ihrer Stimme, als sie vom Kutschbock klettert.

»Komm doch noch mit zu uns«, bittet Andri, aber sie schüttelt den Kopf und zieht ihre Jacke fester um sich. »Nein. Ich bin müde, und morgen müssen wir alle früh raus. Geht ihr nur.« Sie drückt Andri einen flüchtigen Kuss auf den Mund und nimmt mich zum Abschied kurz in den Arm. »Ich rufe dich an. Du kommst uns bald besuchen, ja? Gleich nach dem Schafabtrieb! Meine Eltern werden sich freuen!«

Ich nicke, und sie marschiert los. Mir fällt ein, dass ich nicht mehr da sein werde nach dem Abtrieb, weil ich ja zur Hochzeit meiner Mutter reise. Aber da schnalzt Andri mit den Leinen und fährt in unsere Richtung an.

Verblüfft sehe ich zu ihm hinauf. »Was machst du? Er ist verletzt!«

Andri blitzt mich an. »Eben. Und ich schone ihn, aber nach Hause muss er trotzdem. Oder willst du den Wagen ziehen? Du kennst ja den Weg.«

Der Troll schnupperte. Ein verlockender Blutgeruch stieg ihm in die Nase, als die Húldu davonpreschten. Eine ganze Weile war er ihnen nachgeschlichen, verborgen durch den Neumond und die Felsen. Den einen sollte er bewachen. Aber niemand hatte etwas davon gesagt, dass er nicht zwischendurch essen dürfte. Ein silbriger Geiferfaden tropfte aus seinem stinkenden Maul und verfing sich in seinem Pelz.

Húldu und Elfen waren in der Regel zu schnell für ihn. Aber diese da unten, die nicht. Sie waren zu dritt. Drin waren noch mehr von ihnen. Menschen.

Aus dem Wellblechgebäude drangen Licht und Musik zu ihm heraus. Schreckliche Musik, die ihm in den Ohren schmerzte. Er zögerte, ob er es riskieren sollte. Sie waren so nah und doch unerreichbar. Aber er hatte Geduld. Unten blieben sie stehen. Er duckte sich und wartete ab.

Das Pferd spürte seine Anwesenheit und dass er hungrig war. Unruhig tänzelte es herum. Wenn er es dazu bringen konnte zu scheuen, dann würde es vielleicht …

Die Kette um seinen Hals lenkte ihn ab. Sie erinnerte ihn daran, dass er nicht länger frei war, dass er einen Auftrag hatte. Das schwere Ding juckte und scheuerte, und als er wieder hinsah, waren sie davongaloppiert. Neben ihm flatterte ein Schneehuhn aus seinem Versteck auf. Besser als nichts. Polternd setzte er dem flatternden Vogel hinterher.

Die anderen würde er schon wiederfinden. Alles kleine Vögelein mit zerbrechlichen Knöchelchen. Schmeckten zart, ganz zart. Und machten so schrecklich viel Lärm.

12. Von Trollen und Pferden

Am nächsten Morgen um halb sechs klingelt das Telefon. Es ist noch stockdunkel, aber es ist der erste Tag des Schafabtriebs. Wir werden so früh wie möglich aufbrechen, um das volle Tageslicht zu nutzen, und mit Zelten und Schlafsäcken in den Bergen übernachten. Ich hebe ab. Meine Mutter ist dran.

»Erlakind«, fährt sie mich ohne Einleitung an. »Was hast du dir nur dabei gedacht? Was sollen die Leute denken, so kurz vor der Hochzeit! Was für ein Junge ist das? Wir wollen uns anpassen. Du hast versprochen, nicht aufzufallen. Ich verstehe, dass du jung bist und viel nachzuholen hast. Aber musstet ihr euch wirklich verkleiden wie eine Horde Wildgewordener?«

Meine Fingerknöchel werden weiß, so fest krampft sich meine Faust um das geringelte Telefonkabel. Ich muss mich zwingen, sie zu lockern, damit ich nicht aus Versehen den Draht aus der Wand reiße. Ich höre, wie sie am anderen Ende der Leitung ebenfalls tief durchatmet und versucht, sich unter Kontrolle zu bringen. »Musstest du unbedingt all diese Gerüchte auch noch anfeuern?«

Ich presse die Lippen zusammen. Klatsch und Tratsch machen sehr schnell die Runde in Island. Das stelle ich immer wieder fest. Aber manchmal ist es gut, wenn nicht alles so weitergetragen wird, wie es tatsächlich passiert ist. In meinem Hals steckt ein bitterer Kloß. Meine Mutter ist so weit weg, und das macht nicht mehr allein nur die Entfernung. Wir driften auseinander wie Sahnekleckse in heißem Tee. Niemandes Schuld, aber es tut enorm weh, wenn man nicht aufpasst. Man verbrennt sich dann schnell die Zunge.

Ich überlege, was ich antworten soll, und schiele zu Hrafnhildur, die am Küchentisch steht und Rhabarber putzt. Bei uns wäre die Saison schon längst vorbei. Hier ist er eine der wenigen Gemüsesorten, die überhaupt ohne Gewächshaus gedeihen.

»Mutsch, es ist alles gut«, sage ich leise in den Hörer und drehe mich mit dem Rücken zu Hrafnhildur.

»Ich will hier eine Familie gründen!«, unterbricht sie mich. »Ich heirate in vier Tagen! Denkst du auch an unseren Ruf? Was soll aus dir werden, wenn alle glauben, dass du nicht ganz richtig bist? Du sollst dazugehören, Erla! Bitte gib dir Mühe! Das Thema hatten wir doch schon ständig in Deutschland, ich dachte, du wärst inzwischen vernünftig geworden.«

»Natürlich. Ich … aber es ist ganz anders«, versuche ich zu erklären. »Die Leute hier haben Respekt vor den Unsichtbaren. Sie suchen den Kontakt sogar, und ich kann Arbeit finden dadurch. Stell dir vor, Mutsch. Ich habe bereits den ersten Auftrag. Ich soll übersetzen, ich kann helfen. Endlich habe ich etwas gefunden, wofür meine Gabe …«

»Isländisch – Deutsch?«, fragt meine Mutter. Jetzt klingt sie etwas versöhnter. »Bist du denn schon so gut?«

»Nein, ich … es geht um …«

»Ich bin schwanger«, platzt Mutsch mit einem Mal heraus. »Du bekommst ein Geschwisterchen, und es ist mir wichtig, dass du das vor allen anderen erfährst und nicht erst bei der Hochzeit. Bitte benimm dich wie eine große Schwester, Erlakind. Mach uns keine Schande, hörst du? Ich mache mir doch einfach nur Sorgen. Ich habe dich sehr lieb. Du bist mein Ein und Alles. Das weißt du, oder? … Wir sehen uns zur Hochzeit, meine große Björksdóttir. Ich muss auflegen.«

»Ich habe dich au–« Die Verbindung ist bereits unterbrochen. Ich hänge den Hörer wieder ein und bleibe einen Moment lang stehen. Ich bin nicht mal mehr wütend, nur unendlich müde.

»Alles in Ordnung?«, erkundigt sich Hrafnhildur.

Ich nicke mechanisch. Meine Mutter bekommt ein Kind. Unsere Familie wächst und wächst.

»Bist du so weit?« Andri steckt den Kopf zur Tür herein und bringt eine Bö eisigen Wind mit. Ich nicke. Keine Zeit für trübe Gedanken. Ich schnüre meinen Rucksack zu und setze ihn auf. Dann winke ich Thorbjörn zu, der mit der Katze auf dem Schoß neben dem Herd sitzt und hingebungsvoll schaukelt. Ich habe einen Kloß im Hals und ein ganz komisches Gefühl, so als würde ich den alten Mann nicht mehr wiedersehen. Einem Impuls nachgebend, laufe ich zu ihm hin und umarme ihn. »Danke für alles«, flüstere ich und streichele ihm über die kratzige Altmännerwange.

Einen Moment lang sind seine Augen hellwach. »Vergiss den Aegilshelm nicht«, flüstert er mir ins Ohr und schneidet seiner Frau, die uns neugierig beäugt, eine Grimasse.

Mürrisch versenkt sich Hrafnhildur wieder in den Rhabarber.

Thorbjörn fördert ein zusammengerolltes Stück Leder aus seiner Westentasche zutage und schließt meine Finger darum. »Steck es ein.« Er zwinkert mir zu, aber sein Kinn zittert leicht. »Geh«, sagt er dann laut und nickt. »Folge immer dem Nordstern. Asenheil und Wanensegen.«

Im Hochland weht ein rauer Nordwind, der meine Nase in einen Eiszapfen verwandelt. Es ist keine leichte Aufgabe, die Schafe mit ihrer weißgrauen Tarnfärbung im ersten Schnee aufzuspüren und zusammenzutreiben. Die Tiere sind überall und nirgends. Zwischen den Felsen, hinter Sträuchern, in Senken, die man in der Weite der Steinwüste kaum erkennt. Um mich herum ertönen Hundegebell, Schafblöken und Pferdegewieher. Dazwischen die Rufe der Männer. Seit Stunden sitzen wir im Sattel und haben noch nicht einmal ein Drittel der Tiere gefunden. Das Gebiet scheint mir unendlich zu sein. Nun fängt es auch noch an zu schneien. Dicke, große Flocken wirbeln um mich herum. »August in Deutschland sieht anders aus«, erkläre ich Drifa. Der Wind scheint das persönlich zu nehmen und plustert sich zu einem richtigen Nordsturm auf.

»Gute Entscheidung, die Tiere jetzt schon runterzubringen«, brüllt mir ein Nachbar von einem der weiter entfernten Höfe zu. Ich glaube, es ist der, dessen Achse Andri mal repariert hat. Ich spüre meine Zehen nicht mehr.

»Já!«, rufe ich und stemme mich in die Steigbügel. Aber ich bin mir nicht sicher, ob der Sturm meine Antwort nicht einfach verschluckt hat. Der Mann reitet weiter, und seine Umrisse verwehen.

Rechts von mir höre ich ein verzweifeltes Blöken. Drifa spitzt ebenfalls die Ohren. »Na, dann sehen wir doch mal nach, wer sich da hinter den Büschen versteckt«, sage ich leise und ziehe mir meinen Schal bis zur Nasenspitze hoch.

»Bäh«, ertönt es wieder, diesmal ein Stück oberhalb von uns. Das zarte Stimmchen scheint aus den Felsen zu kommen.

»Schaffst du das?«, frage ich Drifa. Mein Schimmelchen zögert nicht, sich an den Aufstieg zu machen. Sie hat diese Arbeit schon tausendmal verrichtet, im Gegensatz zu mir. Wie eine Gämse klettert sie zwischen den bröckelnden Lavasteinchen herum. Ich bilde mir ein, Schafwolle zwischen den Felsen zu erkennen.

»Es kann nicht mehr weit sein«, rufe ich ihr zu. »Wir haben es gleich geschafft. Und dann machen wir eine Pause. Die haben wir uns dann verdient, du und ich.«

Drifa schnaubt zustimmend und schüttelt sich Schnee aus der Mähne.

»Bäh!«, höre ich es noch einmal. Ganz dicht vor uns. Es klingt jetzt verzweifelt. Was ist da los? Hat sich das Schaf verstiegen und kommt nicht wieder herunter? Oder sich mit der dichten Wolle in irgendeinem Strauch verfangen? Auch das kommt manchmal vor. »Wir sind gleich bei dir!«, verspreche ich.

Drifa drückt sich kraftvoll mit der Hinterhand ab, um uns einen Felsvorsprung hinaufzubringen.

Dann passiert alles auf einmal.

Wir sind nicht allein auf dem kleinen Plateau. Eine riesenhafte, zottelige Gestalt drückt ein heftig zappelndes Jungtier auf den Boden. Noch nie zuvor habe ich so eine Kreatur gesehen. Als das Biest sich zu uns umdreht, entwischt ihm das Schaf. Laut schreiend stolpert und rennt es zwischen Drifas Beinen talwärts davon. Meine Stute macht schnorchelnd einen Satz zur Seite. Das Ungetüm richtet sich vor ihr auf und fletscht fauchend seine nadelspitzen Zähne. Jetzt sind wir das Zentrum seiner Wut. Den fauligen Gestank aus seinem Maul werde ich nie vergessen. Drifa steigt, weicht rückwärts aus und tritt Geröll los. Sie verliert den

Halt auf dem glatten Boden. Wir trudeln. Strampeln. Stürzen ab.

Freier Fall.

Ich denke an Flóki. An meine Mutsch. Wer wird sich jetzt um die Lämmchen kümmern? Ich sehe Thorbjörn lächeln. Spüre wieder, wie er mir das zusammengerollte Leder in die Hand drückt.

Aufprall. Knochensplittern.

Dann ist da Schmerz.

Leere.

Weißes Nichts.

»Es kann kein Bergtroll gewesen sein. Sie werden zu Stein, wenn sie den Sonnenaufgang verpassen.«

Weit entfernt höre ich Stimmen. Wie durch Nebel dringen sie zu mir. Verschiedene Stimmen. Fremde Stimmen. Stimmen, die nicht in diese Zeit gehören. Aber ich bin jenseits davon.

»Hast du schon einmal solche Verletzungen gesehen?«

»Wird sie überleben?«

»Kári?«

»Elin!«

»Du musst sie beschützen!«

»Was ist mit dem Pferd?«

»Es sieht nicht gut aus.«

Jemand rüttelt an mir. Sie zerren, heben mich hoch, rufen durcheinander.

Dann kehrt der Schmerz zurück, mit voller Wucht. Ich schreie, wie ich noch nie geschrien habe. Es ist, als ob sie mich in der Mitte durchreißen wollen.

Und wieder ist da gnädiges Weiß.

Als ich das nächste Mal zu mir komme, hält jemand meine Hand. »Erla?« Das ist Flókis Stimme. Mühsam zwinge ich meine Lider, sich zu öffnen. »Wo bin ich?«

Sein Gesicht sieht traurig aus. Er hat tiefe Ringe unter den Augen, als ob er nächtelang nicht geschlafen hat. Hilfesuchend blickt er zu jemandem hinter mir, den ich nicht sehen kann. »Du bist im Haus meiner Eltern.« Er zögert. »In Sicherheit. Aber …« Er sieht wieder über mich hinweg.

Ich spüre, dass da jemand steht, und verrenke mich, um die Person zu sehen, aber es geht nicht. Ich habe keine Kontrolle über meinen Körper.

»Beweg dich nicht!«, bittet er. »Du warst lange bewusstlos. Deine Wirbelsäule war verletzt, und du hast dir das Bein gebrochen. Aber es heilt gut.«

»Die Hochzeit«, fällt mir wieder ein. »Ich habe die Hochzeit meiner Mutter verpasst, richtig? War sie sauer? So ein Mist. Wann kann ich wieder reiten? Ist der Schafabtrieb vorbei?« Ich versuche noch einmal, mich aufzurichten, aber ich habe einfach keine Kraft. Meine Kehle ist staubtrocken. Lieber Himmel, wie lange liege ich denn hier schon rum?

Flóki schiebt behutsam seinen Arm unter mein Kissen und stützt mich, sodass ich aus dem Glas trinken kann, das er mit der anderen Hand an meine Lippen setzt. Noch nie hat mir Quellwasser so gut geschmeckt.

»Wie lange habe ich geschlafen?«, will ich wissen.

Flóki sieht mich nicht an. Er drückt meine Hand.

»Wie lange?«, dränge ich. Dann fällt mir noch etwas anderes auf. Wir reden miteinander. Ganz normal. »Ich höre dich … außerhalb meines Kopfes.«

Ein Lächeln stiehlt sich kurz in sein Gesicht. Dann folgt wieder dieser schüchterne Blick nach hinten. Seine Grübchen verschwinden, und das Blitzen in seinen Augen verlischt und macht einer tiefen Traurigkeit Platz.

»Was ist passiert?« Allmählich werde ich unruhig.

»Du bist … du hast …« Hilflos bricht Flóki ab.

»Was ist mit Drifa?«, frage ich tonlos. Aber bevor er mir antworten kann, höre ich Schritte. Der Schatten löst sich von der Wand und fällt auf mich, als ein hünenhafter Kerl langsam um das Bett herumkommt. Er trägt einen reich verzierten roten Umhang mit golddurchwirkten Stickereien, und er sieht ganz bestimmt nicht so aus, als wäre er in diesem bescheidenen Heim zu Hause. Flóki macht ihm respektvoll Platz, aber ich lasse seine Hand nicht los. Ganz bestimmt nicht! Wer ist das?

Der Fürst aller Goden, raunt es in meinem Kopf.

Und was sind Goden? Aber mehr erfahre ich nicht.

Flóki verzieht keine Miene.

»Erla frá þýskalandi«, spricht mich der Mann mit tiefer Stimme an und setzt sich auf den frei gewordenen Stuhl an meiner Seite.

Alles an ihm sieht edel und mächtig aus. »Erla aus dem Land der Deutschen. Du musst eine schwierige Entscheidung treffen, und du musst es sofort tun.«

»Ha?«, sage ich, und dann werde ich wieder ohnmächtig.

FORTSETZUNG FOLGT